KB263910

전주 방안통수

전주 방안퉁수

글·사진/양동주

가온미디어

'방안 통수'는 방안 풍수의 전주 사투리로
바깥에서는 기를 못 펴면서
집안에서만 잘난 체 하는 사람을 말한다.

전주 토박이로 70년을 살아왔다.
앞으로도 떠날 일은 더욱 없을 것이며
죽고 나면 육신도 전주 어딘가에 뿌려질 것이다.
결국 나는 전주에 영원히 담겨져 있다.
그런 의미에서 내가 25년간
끄적여 온 홈페이지(kscam.com)에서
전주 이야기만 골라 봤다.
원래 의도와는 달리
제목도 내용도 약간 바뀌었지만
'전주'라는 일관성이 있어 오히려 마음에 든다.

2025년 9월

양 동 주

차례

첫 번째 이야기
전주의 냄새

01. 전주막걸리...10
전주막걸리의 유래나 역사이야기가 아니고 내가 겪어본 내 세대의 막걸리 이야기이다.

02. 전주콩나물국밥...23
전주콩나물국밥은 크게 나누어보면 말아주는 것과 끓여주는 것 두 종류이다.

03. 전주가맥...37
가맥(가게맥주)은 유일하게 전주에서만 발달한 문화이다.

04. 전주물짜장...48
전주에 있는 거의 모든 중국집은 물짜장을 다한다. 하지만 다 맛있지는 않다.

05. 전주한옥 칠경과 옛 시절...63
지각 없는 일부 전주사람들이 하는 말이 있다. "한옥마을 뭐 볼 것이 있다고 오는가 모르것어". 한심하기 짝이 없다. 그럴때면 나는 입에 거품을 물고 침을 튀기며 설명을 한다.

06. 전주의 사창가...95
전주에는 두 곳의 사창가가 있었다. 시청 뒤편의 선미촌과 남부시장 부근의 선화촌이다. 선미촌은 '뚝너머'나 '후미끼리'(일본말로 건널목)로 '선화촌'은 '개골목'으로 불리워지기도 했다.

07. 전주 건달이야기...110
거창한 조직의 비사나 특종같은 숨은 진실을 알고 있어서가 아니고 '전주막걸리'나 '전주콩나물국밥'처럼 그 시절 전주사람이라면 누구나 한번 쯤은 들었음직한 그저 그런 뒷골목 이야기를 모아 보았다.

08. 보신연가...144
암튼 개를 예뻐하면서도 보신탕을 무지 좋아하는 입장에서 점차 사라져가는 보신 식문화를 아쉬워하며 그 기억을 더듬어 본다.

09. 전주 본정통...161
'본정통'이란 말은 일제 잔재로 쓰면 안되는 말이지만 전주의 중앙통인 이 거리를 달리 알기쉽게 표현할 단어가 없어 보통명사로 빌려와 쓴다.

첫 번째 이야기
전주의 냄새

70평생을 군대 3년 빼고는 전주를 떠나 본 적이 없다.
그래서인지 전주에 대한 애착이 남다르다.
그렇지만 이야기 대부분이
내 경험과 기억에만 의존하다 보니
애착에 비해 얼마나 정확하고 사실에 가까운지는
잘 모르겠다.
특히 먹거리에 관한 것은
다분히 주관적이기도 하거니와
써 놨던 시간차가 있어 꼭 옳다고 볼 수는 없겠다.

01 전주막걸리

　지금부터 내가 쓰려는 전주 막걸리의 역사는 내가 태어나기도 전의 자료까지 수집하고, 어른들 고증을 듣고, 검증하고 하는 등등의 그런 거창한 역사가 아니고 단지 순수하게 내가 겪어본, 내 세대의 막걸리 이야기이다.

　나는 전주 다가산 밑 서완산동 552번지에서 태어났고 초등학교를 들어갈 무렵 전동과 교동 경계인 전동1가 233번지로 이사를 했다.
　이사 간 집 대문 바로 앞에는 주인을 구하고 죽었다는 충견의 개비석이 있었고 그 비석은 나중에 중딩, 고딩 말 짓 하고 다닐 때 늦은 밤, 담 넘어가는 발판으로 아주 유용했다. 개비석이라 그랬는지 전면에 아무것도 쓰여있지 않고 높이 1m쯤 되는 짭조롬한 돌이었는데 오래 전 사라져버려 지금은 없다.
　우리 집은 318평이었는데 선친께서 풍수학상 집터가 아주 쎄다시며 100여 평에 안집과 정원을 조성하고 나머지는 건영정기화물에 임대를 줬다.
　화물차의 그렁거리는 엔진 소리가 집터를 눌러 주기 때문에 좋다고… 그래서 차들이 담을 들이받아 넘어지고 금이 가도 그러려니 하고 아주 관대하셨다.

　우리 집의 맞은편은 전동과 교동을 나누는 성당골목이 지금의 한옥마을 경기전 정문 앞으로 이어져 나 있고 나는 중앙초등학교를 그 골목으로 다녔다.

　무슨 서론이 이렇게 기냐면 우리 집이 위치해 있는 이곳, '동양당약방 사거리'에서 '건강탕 사거리'까지 약 170m 사이에 막걸리집이 밀집해 있었기 때문이다. 제일 많을 때는 12곳이나 되었다.

우리 집(붉은 선 테두리) 부근 약도

　국민교육헌장이 발표되던 1968년 12월 5일이 내가 초등 6학년 때이다.

　초딩 때는 술에 관심이 있었던 시기가 아니라서 정확한 기억이 없고 가출을 즐기던 중학교 2학년 2학기 때부터 약간씩 술집이 보이기 시작했다.

　내 기억의 시작은 부근 왕대포집으로부터인

동양당약방 사거리에서 본 예전의 막걸리 골목.
저 칠성건재는 나 중딩때부터 있었으니
50년은 족히 되었네.

건강탕 사거리에서 본 막걸리 골목.
좌측의 인물이용원도 칠성건재와 더불어 제일 오래된 '고령 가게'이다.

데, 정기화물의 구루마꾼들과 남부시장의 좌판 장돌뱅이 손님이 많았던 관계로 막걸리집은 잔술 파는 왕대포집이 거의 전부였기 때문이다.

그 후 고딩 때는 막걸리집의 패턴도 순 왕대포집에서 진일보한 듯 보였고 나도 떳떳이 드나들기 시작하면서 단골집도 생겼다.

내가 좀 걸져 보이기도 했지만 그때는 미성년자 단속이네, 술 판매금지네, 그런 게 아예 없었다.

인물이용원의 윤수형은 한 우물을 판 사람이다.
머리감겨주는 꼬마에서부터 지금까지
거의 한 평생을 한 곳에서.

내 고딩 때 단골집은 우리 집 바로 앞의 '봉동집'이라는 막걸리집인데 이 블록에서 유일하게 아가씨, 그러니까 작부가 있었던 집이다.

예전 우리집 터. 지금은 남문교회 주차장이 되었다.

20대 중후반으로 보이는 그야말로 작부라는 낱말이 전형적으로 어울리는 박양이 있었고, 앳돼 보이지만 눈썹을 길게 붙이고 화장을 짙게 한, 이름이 경아인 임양이 있었다. 임양은 몸이 호리호리한데 가슴이 엄청 컸었다.

이때 아가씨들은 손님에게서 팁을 받는 게 아니고 주인으로부터 월급을 받고 일하기 때문에 한 자리에 고정으로 앉아서 시중을 들기보다 기분에 따라 좌석을 옮겨 다녔다.

물론 손 큰 단골에게는 예외였지만.

어리고 돈도 없는 빈대였지만 그래도 내가 가면 임양은 나에게로 오려고 애쓰는 눈치였다(흐흐 큰 착각이었을까?)

이때는 모든 막걸리집이 탁자가 있는 게 아니라 일자로 뻗은 시멘트 직육면체, 속칭 다이가 주방

그리운 봉동집 자리.

과 손님 의자 사이를 가로막고 있는 형
태였다.

규모가 좀 큰 곳은 그 다이가 기역
자로 된 곳도 있고 나중에 좀 세련된
막걸리집은 시멘트 위에 타일을 입히
기도 했다.

그리고 모든 막걸리집이 겉으로는
비슷비슷했지만 약간 성격이 다른 점
이 있기도 했다.

가령 안주가 지금과 비슷하게 걸게
나오는 집도 있었지만 가운데 젓갈이

지금 유일하게 하나 남은 버들집.
한 자리수 전화 국번하며 떨어져 나간
'ㄷ'자 간판까지 고색창연하다.

나 짠지 통을 두어 개 놓고 공동으로 먹게 하면서 왕대포를 아주 싸게
파는 곳도 있었고, 몇몇 곳들은 주인이 주모 역할도 아가씨 역할도 겸하
기도 했는데 이런 집들은 파장하는 시간이 들쑥날쑥하기 예사였다.

내가 고 2때인가?

서울에서 대학에 다니는 4살 터울의 이종사촌형이 친구 3명과 왔
었다.

그때 구루마집(현재는 주인이 수도 없이 바뀌고 장소도 바뀌어 남부
시장 쪽에 간판이 걸려있다)으로 안내를 하여 술을 마신 적이 있었는데
이 안주들이 다 공짜냐며 감탄을 연발하던 기억이 난다.

'건강탕 사거리'를 지나고 지금의 한옥마을 학인당을 지나고 교동집
사거리를 지나고 30~40m를 더 가면 좌측으로 '향촌주장'이라는 막걸
리 제조장이 있었다.

그 주장에서 이 부근 막걸리를 모두 대줬다. 지금도 기억에 생생한 것

14

이 짐자전거뒤와 양 옆에 한 말(20리터)짜리 막걸리 통을 거의 10여 개를 매달고도 거뜬히 타고 가는 주장 배달꾼의 모습이다.

그 때는 지금 같이 막걸리가 병으로 나오는 게 아니고 통으로 가져다 주면 독아지에 받아서 잔술로 혹은 주전자에 담아서 팔았다.

십여 개 넘는 막걸리집들 중 내가 잘 갔던 집들을 떠올려 보면 단연 '봉동집'이 첫번째고 '구루마집', '총각집', '현집' 등인데 이 중 '현집'은 거의 1990년대 초반까지 많은 단골들의 사랑을 받으며 굳건히 자리를 지켰다. 물론 80년대 초중반을 지나면서는 주종은 막걸리에서 소주나 맥주로 바뀌었지만…

70년대 중반 '봉동집'에 있던 임양이 자리를 옮긴다.

전주에서는 풍수지리적으로 충을 맞아 좋지 않다는 지역이 몇 군데 있는데 그 중 한 곳이, 광주에서부터 출발하여 정읍을 지나 곧장 밀고 올라오던 기운이 구 도청(완산경찰서 앞)을 통과하며 극에 달했다가 팔달로에 와서 딱! 막혀버린다.

막히는 이유는 뒤편에 경기전이라는 조선 태조어전을 모신 유적지가 있기 때문인데 이유야 어떻든 풍수에서는 흉지로 보는 이런 위치에 술집이 생겼는데 임양이 이리로 옮긴 것이다.

한 주인이 두 개의 술집을 열었는데 '만날때'란 약주집과 '정화집'이라는 막걸리집이다.

들어가는 입구도 다르고 안에 홀도 따로인데 뒤쪽 주방과 화장실은 붙어 있다.

두 군데 모두 아가씨들이 여러 명씩 있었다. ('정화집', '만날때'는 구 도청 삼거리 전동 134번지).

더듬어 보면 약주는 한 되에 350원을 받았고 막걸리는 150원을 받았다.

물론 약주 안주와 막걸리 안주는 차이가 많이 났고, 우리야 약주는 엄두도 못 내고 주로 막걸리만을 마셨는데 그 한 되라는 것이 1.8리터 한 되가 아니고 째를 좀 낸 작은 양은주전자에 내왔는데 그 양은 1리터 남짓이나 되었다.

그나마도 몇 주전자 내오다보면 양이 들쭉날쭉하니 아예 첫 주전자 나올 때 달력 걸린 못에 고무줄로 걸어서 주전자가 축~ 쳐진 밑 부분 벽에 젓가락으로 표시를 해 놓고 두 번째 주전자부터는 나오면 무조건 그 줄에 걸어서 표시된 부분까지 내려와야 통과시켰다.

주전자 수는 주전자가 추가될 때마다 성냥골을 주머니에 넣어서 세어야 나중에 계산할 때 눈탱이를 안 맞았다. 임양이 이리 옮기면서, 내가 따라오면서 자주 오다보니 터득한 방법이었다.

내 기억에 전주의 막걸리집은 ‘정화집’을 마지막으로 서서히 쇠퇴해 간 것 같다. 그 이후엔 약주집의 전성시대가 된다.

그때가 80년대 초반을 지나서면서부터이다.

그 약주집들 중 아가씨도 많고 유명한 곳을 몇 곳 꼽아보자면 위에서 말한 ‘만날때’를 위시하여 중앙시장 구소방서 맞은편 ‘설화집’, 현 한국은행 맞은편 골목의 ‘버들집’, 대성동의 ‘하동집’ 등등. 그런데 그때는 왜 상호 끝에 꼭 ‘집’이 들어갔는지 모르겠다.

그러다가 아가씨들은 덕진연못(일명 똥방죽) 부근과 중앙시장 부근 맥주집 등등으로 스며들고 약주 파는 술집은 ‘초밥집’이라는 이름으로 유행하기 시작하는데 한식과 일식이 섞여진 퓨전으로 4홉짜리 맥주와 약주를 팔았고 안주는 상다리가 부러질 정도로 걸게 나왔다.

초밥집은 한때 3~4년 반짝하다 스러진다.

이때쯤 삼겹살이 유행하기 시작했고 뒤이어 로스구이와 등심이라는 메뉴도 등장한다.

또 이즈음 현 어의당 한방병원 자리에 있던 전주관광호텔의 나이트클럽을 필두로 밴드와 홀이 있는 클럽이 생기기 시작하는데 서울소바 맞은편에 '월드컵', 구 도청 사거리에 '은좌클럽'(현재도 있음), 덕진 경기장 사거리에 '로얄클럽', 관통로 객사 맞은편에 '백궁' 등등이다. 이 클럽들은 급속도로 '룸싸롱'으로 물갈이가 시작된다.

그리고는 정겨운 작부는 사라지고 낯설고 새롭고 설레는(?) 호스티스가 나타난다.

이렇게 80년대 중반이 넘어간다.

그리고 막걸리는 한동안 사라진다.

주제가 막걸리이니 만큼 10여 년을 건너뛰어야겠다.

때는 바야흐로 1994~95년 쯤?

전주 삼천동의 한 골목에 '수목실내마차'가 생긴다.

고향이 전남 화순인 40대 초반 과부 정선희가 친구와 둘이서 동업으로 실내마차를 챙긴 것이다. 상호는 친구가 어디서 잘 보는 철학관에게 지어왔단다.

처음 생겼을 때는 그저 선희의 음식 솜씨만 믿고 시작을 했다. 그러다가 전주교도소 직원 몇몇이 단골이 되고 재소자 보호자와의 만남의 장소가 되면서부터 안주와 주종도 고급화가 되고 거의 땅 짚고 헤엄치 듯 요정 같은 실내마차가 되었다.

그런데 그것도 잠시, 1990년도 중후반 크게 기사화가 되었던 전주교도소 교도관이 재소자들에게 조직적으로 담배를 파는 등의 비리사건이 터지면서 이리저리 선희네 가게도 우박을 맞게 된다.

교도소 직원들 발길이 끊기니 불특정 다수 상대 영업이 아니었던 이곳은 타격이 아주 심했다.

장사가 안되니 친구는 자기 일을 찾아 나가면서 동업도 끝난다.

이즈음이 바로 1997년의 IMF 외환위기 시기이다.

이때 선희는 '수목실내마차'에서 '수목막걸리'로 상호를 바꾼다.

그런데 막걸리를 팔지만 고급 안주를 내던 가락이 있어 곧 죽어도 항상 최고의 재료에 안주도 바로바로 내는 습관이 있으니 한번 왔던 손님은 절대 못 잊었다.

어려웠던 때이니만큼 막걸리를 찾는 사람은 하나 둘 늘어가고 시기적으로 필요충분조건이 딱 맞아 떨어진데다가 허름한 막걸리집에서 덥벅덥벅 주는 안주에 웬만하면 다 놀랐다.

언제 어느 안주를 만들어 내오는지는 지맘이니 좋은 안주 먹는 복은 그야말로 '복컬복'('복불복'의 전라도 사투리)이다. 테이블이 7개 있었던 것으로 기억하는데 앞 사람이 먹고 간 테이블 청소는 거의 뒷사람이 해야 했다.

2014년 여름의 선희씨.
깐깐한 성격이 얼굴에 나타난다.

"야~! 사람 하나 써라~!!!"
그러면 선희가 대답한다.
"사람 쓸 돈 있으면 안주 하나 더 내것다~"
그런데다가 이틀이 멀다하고 새벽까지 바닥 물청소를 해야 직성이 풀리고 젓가락 숟가락은 매일 삶아댔다.

그녀는 성깔 값을 톡톡히 했다.

90년대도 다 저물어 갈 무렵엔 수목막걸리 앞에는 늘 줄이 늘어서 있었다.

우리야 술 박스 엎어놓고 길가고 어디고 아무데나 자리잡고 앉아 술이고 안주고 다 가져다 먹을 정도로 이물었지만.

이때 늘 같이 다니던 친구 놈이 '떡판'이라는 별명의 덕중이다.

우리는 여기서 '맥막 1:3'의 황금비율을 만들어 낸다.

4리터 양은 주전자에 500ml 맥주 한 병과 750ml 막걸리 3병을 섞어서 먹는 것이다.

막걸리의 틉틉한 맛이 순해지고 트림이 안 나온다.

각자 한 주전자씩 마신 다음 당구 한판 치고 다시 와서 냉면기에 막걸리 750 한 초롱(=750㎖ 한 병) 다 부어 단칼로 누가 빨리 먹나 시합을 하고 소매로 입을 쓰윽~ 닦고 헤어지곤 했다. 그때부터 막걸리집의 주전자는 어디나 4리터 양은주전자여야만 되었다.

이때는 삼천동 우체국 골목에 막걸리집이 단 하나밖에 없었다.

2000년이 되면서 '전주막걸리'를 시작으로 '용진집'(지금은 제일 유명해진 집)이니 '곡주마을', '두여인', '전주막걸리' 등등이 우후죽순으로 생겨나면서 수목막걸리집의 줄 선 손님을 받아먹기 시작했다.

지금 현재(2015년)는 그 골목이 온통 막걸리집이다.

그때 그 골목에 막걸리집이 생기면 거의 모두가 '수목막걸리'를 벤치마킹했다. 그 결과 뜻하지 않게 돈을 번 곳이 있으니 바로 중앙시장의 '남해수산'이다.

처음엔 시장 안의 그저 그런 생선 집이었는데 선희가 그 집에서 해물

'수목막걸리' 다시 문 열던 날(2014.11).
앞쪽 세 명이 내 친구들이다.

을 갖다 쓰니 모든 막걸리집이 그리로 몰려 지금은 중앙시장 최대의 생선도매가게가 되었다.

명절이면 선희에게 최고급의 대하세트를 선물하곤 했는데 내가 중간에서 많이 낚아채 갖다 먹었다.

2000년 중반 선희는 수목을 넘기고 '번암막걸리'란 주조장에서 간판을 걸어주고 임대료를 내주는 조건으로 3배 이상 큰 데로 옮겨간다.

하지만 큰 재미는 못 보고 장사를 접고, 쉬고, 주방 일만 봤다. 몇 년을 그러다가 2014년 11월 삼천동 골목에 예전 상호로 다시 개업을 했다.

하지만 지금의 터줏대감은 '용진집'이다.

　한참 삼천동 막걸리집이 뻗
어나갈 때 용진집 황여사와
선희가 TV에 출연한 일이 있
었다.

　정작 주인공인 선희는 말 한
마디 못하고 황여사가 다 이러
고저러고 하는데 마치 용진집
이 원조가 된 듯한 느낌이었다.

술 못 먹는 여자와 가족 등을 겨냥하여
메뉴도 개발했다.

　황여사가 7~8세 아래로 선
희에게 언니 언니하며 잘 하긴 하지만 돈 버는 데는 황여사가 여시다.

　지금은 완전 역전되어있다.

　'수목막걸리'는 선희는 주방을 보고 동업하는 한 여자는 홀에서 서빙
을 하는데 예전의 추억속의 손님만이 간간이 있고.

　'용진집'은 인터넷에 뜨고 소문이 나서 번호표를 받아야 한다.

　이런 비싼(한 주전자 3초롱, 기본 18,000원~20,000원) 막걸리집들이
이제 전주에 쫘악~ 깔려있다. 서신동, 중화산동, 평화동… 나는 개인적
으로 이제 이런 막걸리집은 안 간다.

　외지에서 손님이나 와서 안내하면 모를까 너무 비싸기도 하거니와 안
주를 따로 대주는 곳이 있어 여기나 저기나 안주가 거의 특색이 없다.

　암튼 현재(2015) 전주 막걸리의 현주소는 3초롱에 18,000(±2,000)
원 하는 관광용 사또주안상이다.

　나는 그래서 요즘은 남부시장 안으로 간다.

온·누·리

'수목' 막걸리

전주 막걸리 집 전성시대다. 평화동, 효자동, 우아동, 인후동, 서신동, 삼천동, 경원동 등 막걸리 타운에 전국에서 수많은 손님이 몰린다. 이들에게 매혹은 막걸리 맛보다 안주다. 푸짐한 안주, 싼 값을 내건 시내 유명 막걸리 집에 입장하겠노라고 주말 장사진이 늘어서는 건 이미 익숙한 풍경이다. 그러나 아득한 옛날부터 그랬던 건 아니다. 전주 막걸리 시대 첫 장은 불과 20년 전도 안 되는 1997년에 열렸다. 삼천동 '수목 막걸리'가 효시다.

'수목'은 원래 막걸리 집이 아니다. 전남 화순 출신의 여성 정선회(62) 씨가 1994년께 삼천동 골목에 '수목'을 열고 첨엔 약주 청주 등을 팔았다. 손맛 있고 질 좋은 안주를 내 값도 비교적 비쌌다. 그러나 1997 IMF(국제통화기금) 외환사태로 나라가 거덜 나자 서민술인 막걸리로 주종을 바꿨다. 하지만 내는 안주는 그대로여서 "값싸고 안주 끝내주는 집"으로 금세 소문 났다. 전주 식 표현으로 술꾼을 '똥꾼'이라 한다. 전주 최강 '똥꾼'인 양동주, 김덕중(60) 씨 등이 당시 팔팔하던 40대 초반 주력(酒力)으로 '수목'에 출퇴근 하며 주위를 끌어들여 이곳은 곧 명소가 됐다.

정선회 씨는 친절하기보다는 막걸리 집 주인답게 걸걸하고 의리파다. 혼자 하는 가게고 고객이 몰리다보니 한시 바빠 술이 고픈 단골들은 제집마냥 걸레 들고 술상을 치워야 했다. 양동주 씨가 말했다. "사람 하나 쓰지 그러나". 정선회 씨가 답했다. "그 돈(=인건비)으로 손님 안주 한 상 더 내졌다"

'수목'의 철학은 최고급 재료와 즉석에서 만든 신선 안주였다. 미리 만든 안주를 떼어서 공급받아 너줄하게 늘어놓는 요즘 떼돈 집과는 차원이 다르다. 정선회 씨는 2000년대 중반 '번암 막걸리'를 경영했고 약간 공백을 거쳐 지난해 9월1일 '수목'을 다시 열었다. '수목'의 후예가 요즘 천하제일인 삼천동 '용진집'이다.

삼천동이건 서신동에서건 요즘 전주 '똥꾼'들은 찾을 수 없다. 대신 관광객들로 들썩하다. 족히 수백 곳은 넘을 지금 전주 막걸리 집 봇물은 한 세대 전 '수목'에서 터졌다.
/ 임용진 큰별그룹

'새전북신문' 2015.7.28. 칼럼 '수목막걸리'.

같은 시장 안에서도 3천 원짜리가 있는가 하면 3병에 만원, 1병에 4천원 등 각각 특색도 있고 초식도 다르고 재미있다.

그보다 남부시장엔 정이 있다. 17년 전 수목막걸리에서와 같은.

언론에 몸담고 있었던 용진이란 친구가 내게 수목막걸리에 대해 물어 본 적이 있었다.

대강 답변을 해주니 며칠 후에 새전북신문에 기사가 뜬다.

용진이와 선희씨.

※ 2017년 6월경 삼천동 용진집이 쉬쉬하며 쥐도 새도 모르게 주인이 바뀌었다.

<2015. 11. 16.(월)>

02 전주콩나물국밥

전주콩나물국밥은 크게 나누어 보면 두 종류이다.

말아 주는 것과 끓여 주는 것.

지금 현재(2016년)는 그 경계가 모호해져서 말아 주는 데에서 끓여 주기도 하고 끓여서만 팔았던 곳이 말아주기도 한다.

간단히 말해, 말아주는 것은 미리 육수를 솥에 끓여 찬밥을 뚝배기에 담아 국자로 국물을 떠서 토렴질(뚝배기에 국물을 넣었다 따르기를 반복하여 밥을 뜨겁게 그리고 국물이 밥알에 배도록)을 한 다음 거기에 갖은 양념을 수저로 얹혀서 내는 방법이고, 끓여주는 것은 뚝배기에 찬밥, 콩나물(익힌 것), 갖은 양념을 넣고 내용물이 펄펄 끓을 때 내는 방식이다.

어느 것이 맛이 있느냐는 개인의 입맛에 따라 다르겠으나 현재의 추세는 대부분 말아주는 경향으로 가고 있다(나이드신 분들은 끓인 것을 더 선호하기는 한다).

하지만 지금은 말아주는 국밥집에서도 토렴질은 거의 구경하기가 쉽지 않다.

왜냐~ 시간이 필요하고 힘들고 귀찮거든.

그럼 본격적으로 전주콩나물국밥집의 이야기를 해보기로 하자.

1960년 대(그 이전에는 내가 어리거나 안 태어나서 모르겠고)에는 전주콩나물국밥 하면 '삼백집'을 떠올리지 않고는 말을 할 수가 없었다.

박정희 대통령에게도 욕을 했다는 '욕쟁이 할머니'로 유명하고 하루에 삼백 그릇 이상은 팔지 않았다 해서 삼백집이라 이름 붙였다는데, 그건 좀 과장이 심하고.

암튼 삼백집은 그 시대에 전주 콩나물국밥의 대표였고 끓여주는 콩나물국밥집이다.

현재도 예전 그 자리에 있기는 하지만 2~3차례 주인이 바뀌면서 정통성을 잃은 지 오래다. 이제 정서적으로 전주에서 삼백집을 향토 음식점이라 생각하는 사람들은 많지 않다.

뒤이어 한일관과 삼일관이라는 콩나물국밥집이 생기면서 1970년대 전주의 콩나물국밥집은 삼파전을 이룬다. 여기에서 삼일관은 선지해장국을 하면서 정통파에서는 약간 벗어나지만 삼일관은 지금까지도 대를 이어 원 주인의 맥을 이어오고 있다.

(나는 요즘에도 삼일관을 가끔 이용하고 있는데 그 이유는 아침에도 소바를 하기 때문이다. 나는 콩나물국밥보다 소바국물이 훨씬 더 속풀이가 되거덩~)

삼일관도 삼백집과 같이 예전의 그 자리이다.

주인도 아들이 이어서 그대로 한다.

근데 작년까지만 해도 소바가 4,500원이었는데 5천원으로 올랐네.

한일관은 원래는 고사동에 있었는데 지금은 어은터널 부근 중화산동으로 이사를 갔다. 고급스러운 분위기 때문에 맛은 둘째 치고 좀 어려

운 손님과 해장을 할 경우
많이 찾는다.

1960~70년대는 이렇게
끓여주는 전주 3대 콩나
물국밥의 아성에 대적할
자가 없었다.

그리고 '전주콩나물국
밥' 하면 그냥 이 세 군데
였다.

그리고 반세기 넘도록
지금도 씩씩하게 잘 되고
있다.

지금부터는 전주에서

영선상회라고 쓰여 있는 가게가 예전의 '3번집' 자리이다.
이 자리가 지금의 '3번집' 사장의 장모님이 시작했던
최초의 자리이다.

그래도 이름 있는 콩나물국밥집을 내 아는 성의껏 기억해 보겠다. 어디
까지나 기억에 의존하는 것이니 착오가 있을 수 있겠지~~?

70년대 중후반으로 가면서 남부시장을 시작으로 말아주는 국밥집이
등장한다.

대부분 남부시장의 말아주는 콩나물국밥하면 '현대옥'을 떠올리지만
'현대옥'은 뒤에 생겼고 '3번집'이 원조이다.

'3번집' 상호의 유래는 특별히 무슨 뜻이 있는 게 아니고 그 때 이 부
근에 지금은 송천동으로 이전해 버린 생선야깡(수산물 경매장)이 있었
는데 지금도 그렇지만 그때도 도매상들의 상호는 대부분 번호로 붙여 몇
번집 몇번집 했는데 그중 생선 3번집과 친해서 그냥 '3번집'으로 했단다.

1971년에 개업을 했는데 그때는 대포집 같이 시멘트 다이에 일자로 6~7명 앉으면 꽉 찼다.

내가 고딩 졸업하고 국밥 먹으러 가서 벽에 영화배우 노주현이 한 싸인을 봤는데 어찌 보면 전주 유명인 벽싸인의 원조도 될 법하다.

이 '3번집' 국밥의 특징은 토렴 뒤 간을 쇠고기 장조림과 새우젓으로 하는 것이다. 그리고 해장의 의미보다 한 끼 식사의 의미가 강했다.

숙취에 시달려 온 시장사람이 말한다.
"속 아프니 밥은 거짓깔로 쬐끔만 넣어주세요"
그러면 3번집 주인은 퉁을 준다.
"쯧쯧. 지랄났다고 퍼마시고"

싫지 않은 구박을 주며 밥은 조금만 넣고 국물을 시원하게 해서 주고는 밥이 적으니 허기 질까봐 종재기에 생계란 깨 넣어 육수 솥에 뜨거운 김으로 살짝 익혀서 덤으로 준 것이 지금의 콩나물국밥 서비스 사이드 메뉴인 수란의 원조이다.

위쪽이 돌아가신 할머니,
아래가 딸.

1980년대가 되어 '3번집'의 손님이 많아져 지금의 장소로 확장하여 옮겨 오면서 딸(지금 사장 부인)이 와서 도와주게 된다.

딸의 의욕이 지나쳐 다른 메뉴를 도입하게 되면서 '3번집'이 이상하게 흐르기 시작한다.

해장을 하러 가서 딸이 국밥을 말고 있으면 나는 그냥 나와 버린다.

참 희한하다. 똑같은 재료에 똑같은 초식으로 마는데 딸이 말아 주는 것은 맛이 없다.

내 기분이었을까?

할머니가 돌아가시고 딸이 맡아 하면서 내 발길은 다른 곳으로 향하게 된다.

그리고 '3번집'은 90년 대를 막 지나서 영업부진으로 가게는 세를 주고 간판을 내리게 된다. 그리고는 이 장소는 '성옥식당'이니 '다모아'니 하는 대포집들이 거쳐 간다.

그러던 2014년 9월 1일 10년 이상 세월이 지나 그 자리에 '3번집'이 다시 오픈을 한단다. 여기도 한옥마을 '훈짐'을 제대로 받은 모양이다.

기대 반 의혹 반 기다렸더니 바로 그 딸이 리모델링을 하고 다시 오픈을 했다. 나랑은 개인적으로도 잘 아는 사이니 맛은 차치하고라도 반가웠다.

날 잡아 찾아갔다.

밑반찬이 콩나물국밥집 답지않게 호화롭다.

국밥 맛도 할머니만큼은 아니지만 옛 맛에 충실했다.

추억의 맛을 떠올리기에 충분했다. 흠이 있다면 6천원을 받는다는 점이다.

'왱이집'이니 어디니 6천원으로 올린 지 오래 되었지만 남부시장에서는 이게 아닌데?

하지만 그 이후로 비록 비싸지만 전주에 손님이 오면 꼭 그리로 모시고 갔고 (나는 개인적으로는 콩나물국밥 안 먹는다니깐? 4천원 정도 하면 모를까) 갈 때마다 모두에게 입에 발린 말이 아닌 진짜 호평을 들

2015년 10월에 서울 손님 모시고.
이때만 해도 맛깔스러웠지.

었다.

근데 내 속으로는 말 못할 비밀이 있었다.

내가 대 놓고 말은 안했고 또 그 딸도 나에게 묵계적으로 말은 안했지만 여럿이 가면 내 것만 살짝 토렴을 해주는 것이었다.

토렴의 목적은 앞에서 말했듯이 밥을 뎁히고 밥알에 국물을 배게 하고 하는 역할도 있지만 또 중요한 게 뚝배기를 뜨뜻하게 해서 국밥이 쉬 식지 않게 하는 역할도 하거든. 근데 여럿이 가면 언제 그 짓을 다 하고 있냐고.

그래서 국밥을 만 뒤에 연한 개스불 위에 올려놨다가 내 오는데 자칫 시간을 못 맞추면 끓어 버릴 수도 있고, 원래의 목적인 국물과 밥알의 어우러짐은 아예 없는 것 아닌가.

뚝배기를 데울 다른 편법으로는 뜨거운 물에 담가 놨다가 밥을 마는 것인데 그 또한 물기를 닦아 내려면 바쁠 때는 일이었다.

콩나물국밥집의 특성상 오후 3시면 문을 닫는 '3번집'은 손님이 좀 있었기는 하지만 아주 잘 된다고 보기는 어려웠다. 그렇지만 예전의 '3번집'을 알았던 나 같은 사람이 서서히 오면서 소문이 나면서 한옥마을 바람에 편승을 해서 늘어나리라는 바램은 다분히 가지고 있었겠지.

그러던 2015년 11월, 그러니까 다시 개업하고 1년 2개월이 지날 때 백종원의 '삼대천왕' TV에 출연을 하게 된다.

28

그 이후로는
말 안 해도 알겠
지.

방송이 나가
자 난리가 났다.
　그렇지 않아
도 손님이 미어
지지 않았을 때
에도 토렴사기
를 하는데 이런
상태에서 토렴
은 언감생심, 더
구나 손이 모자

TV방송을 탄 뒤의 '3번집'. 문 앞에 대기줄이 늘어섰다.

라니 주방을 아무나 보는 거, 젊은 아들이 봤다가, 종업원이 봤다가 뭐
그래도, 뜨내기라도 계속 몰려오니.
　나를 비롯한 남부시장 사람들과 예전 단골들에게 이제 '3번집'은 없다.

　이제 '현대옥' 이야기를 해 볼까?
　전주에 살아도 서너번 이상을 가봐야 찾아갈 수 있을동 말동 한 남부
시장 구석의 골목에 자리 잡고 있었다.
　특징은 육수는 '3번집'과 비슷하지만 토렴 뒤에 생으로 살아있는 파,
마늘, 고추를 즉석에서 다져서 국밥 위에 한 주먹 올려주면 그 자극적
인 맛~! 식사의 의미보다 해장 속풀이의 의미가 강한, 국물이 살아있는

국밥이다.

‘3번집’ 보다 5~6년 늦게 시작을 했으나 어느 순간 앞질러 버렸다.

‘현대옥’을 알린 주역은 전주의 흘러간 건달들이 주를 이룬다.

한때, 거짓말 쫌만 보테면 늦은 아침(건달들은 일찍 안 일어나거든~)에 여기를 오면 시내의 헌다하는 주먹들을 거의 볼 수 있었다. 식대 계산은 선배가 되었건 후배가 되었건 먼저 내는 사람이 나머지 모두를 계산 해버리는 게 여기의 법도고 미덕이었다.

지금은 돌아가신 한 선배의 말을 그대로 빌려보자.

“씨발, 저그는 멀국에다 아편 넣는 개벼~~”

아침 6시에 문을 열어 오후 2~3시에 문을 닫는 ‘현대옥’에서 국밥이 가장 맛있는 시간이 있었다. 대략 오전 10시경인데 그 이유는 손님에 따라 오징어를 넣어 달라면 오징어를 데쳐야 하는데 따로 물을 끓여 데치기가 번거로우니 국밥 육수에 데쳐서 줬는데 그 오징어 맛이 육수에 조금씩 조금씩 배다가 10시쯤이 되면 절정에 다다르기 때문이다.

근데 그 이후가 되면 이제는 틉틉한 맛이 돌기 시작하여 국물 맛이 반감되는데 이런 맛까지 구별하려면 어지간한 단골 아니고서는 힘든 일이다.

그럼에도 불구하고 나는 개인적으로 ‘현대옥’을 잘 찾지 않은 이유가 있었는데,

첫째, 줄서는 것이 싫어서이다. 고용인원이 여남은 명으로 잘못 시간을 맞추어 가면 짧게는 3~5분, 길게는 10여분을 기다려야 했다.

둘째, 여편네가 너무 말이 많다. 국밥을 말면서 끊임없이 씨부린다. 이런 것들이 싫어 잘 안 갔다.

근데 기다리는 시간 때문에 또 하나의 사이드 메뉴가 등장한다.

무료하니 여러 명이 가면 한 명이 남아 순서 기다리고 나머지는 시장을 뒷전거린다.

방천가로 가면 김 굽는 가게가 있는데 간 김에 김을 한 봉다리 사온다.

물론 '현대옥'에서 주는 김도 있다. 잘라서 포장된 서너 장 들어있는 꼬마 김, 근데 그건 맛이 없으니. 그러다 보니 나중에는 기다리는 줄 상관없이 '현대옥'을 가려면 김 집부터 다녀간다.

너도 나도 한 봉다리 씩 천 원짜리 김을 사들고 간다.

먹다 남으면 놓고 오고, 그 뒷사람이 앞 사람이 남긴 김을 자연스럽게 먹고…

이것이 이제는 모든 콩나물국밥집에서 김을 주는 풍습의 원조 격이 되었다.

그렇게 '현대옥'은 남부시장에서 말아주는 대표 콩나물국밥집으로 이름을 굳혔다.

그러다가 2009년도에 큰 변화가 일어난다.

남부시장에서 싸전을 크게 하는 손주경 사장과 그의 친구가 '현대옥'을 인수하게 된다.

1억 3~4천만원인가에 상호, 레시피 등등 일체를 인수를 한다.

초기에는 그 자리에서 전통의 맛을 지키며 서서히 확장을 해나간다커니, 지점을 내줘서 브랜드화를 시켜야 한다커니.

갑론을박하는 것 같더니 후자로 결정되었는지 '현대옥' 지점이 하나둘 생겨나기 시작한다.

모든 지점이 다 잘되는 것은 아니지만 상호를 가져가려고 줄을 설 때도 있었다고 한다. 한때 전국에 프랜차이즈점 백 수십 여 개가 있었다

한다.

　현재(2016년)는 손사장은 아중리에, 그 친구는 중화산동 본점을 각자 운영하고 분점에 대한 로열티는 나누는 것으로 알고 있는데 그 내력이야 내 알 바 아니고 그럼 그 맛은 과연 어떨까? 나는 전혀 모른다.

　2009년 그 이후 '현대옥' 국밥을 먹어 본 적이 없으니. 하지만 중화산동 본점 같은 데는 24시간 영업을 하며 기업화되어가고 있다. 이렇게 남부시장의 토렴해주는 '현대옥'은 사라졌지만 아직 이야기가 끝난 것은 아니다.

　중앙시장 태평동 오거리에 가면 '오거리 콩나물국밥'집이 있다.

　생긴 지는 대략 15년 전후가 될 것이다.

　여기 주인아주머니가 '현대옥'에서 일했던 아줌마인데 초식과 레시피가 초기 '현대옥'과 같다 , 맛도 가장 비슷하다. 쌍~! 말 많은 것까지 같다.

　지금 현재 토렴을 해주고 있으며 값은 5천원이다.

　'현대옥'에서 일했던 아주머니가 차린 콩나물국밥집이 또 있다, 아니 있었다.

다올에서 친구 어머니와 지인들. '현대옥'의 토렴은 사라졌지만
'현대옥'을 이어받은 토렴은 아직은 살아있다.

남부시장 내에 '명성옥'이라고 있었는데 그 아주머니가 돌아가시고 젊은 딸이 '다올콩나물국밥'이라고 상호를 바꾸고 깔끔하게 영업을 하고 있다.

토렴을 해주고 있으며 5천원이다

이제 '왱이집'이야기를 해봐야겠다.

자세한 내용을 모르는 사람들은 '왱이집'을 전주의 말아주는 콩나물국밥의 효시로 생각하고 있다. '삼백집'과 대응하는 상징적인 전주 콩나물국밥집. 굳이 반론하지는 않겠다.

지금 현재 전주에 500명 데려와서 당장 콩나물국밥 대령하라하면 떠오르는 데가 '왱이집' 밖에 없으니 전주의 '상징'이 아닐 수 없다.

'왱이집'의 역사는 80년대 중반으로 거슬러 올라간다.

그 당시 "'왱이집'이 어디 있어요?" 하고 물으면,

"'꼬꼬통닭' 바로 옆에 있어요" 하면 어지간한 전주 사람이면 다 알았다.

지금은 "'꼬꼬통닭'집 어디 있어요?" 물으면 "'왱이집' 맞은 편 골목이요" 해야 통한다. 꼬꼬 사장님 폭폭헐 노릇이다.

어쨌든 그 시절(1980년대 중반) '왱이집'이 꼬꼬통닭 옆으로 이사했을 때만 해도 확장 이전이었고 그전에 동문사거리에 있을 때는 완전 영세한 이름 없는 분식집 수준이었다.

그래도 꼬꼬 옆으로 이사하면서 당구장 배달(현재 여 사장님이 쟁반에 이고)도 다녔고.

우리는 간혹 꼬꼬에서 통닭 먹다가 옆에서 콩나물국밥을 배달시켜서 먹기도 하고 그랬다.

사실 '왱이집'이 그때도 크게 맛이 있지는 않았다.

'3번집'이나 '현대옥'에 비하면 맛으로는 상당한 차이가 있었는데 마케팅 전략이 뛰어난 것 같다.

　　택시기사가 손님을 태우고 오면 그냥 내보내는 법이 없고 나중에는 개인택시건 영업용 택시건 기사들한테는 국밥 4,000원 할 때 2,800원을 받았다.

　　기사라고 말만 하면 천원을 깎아서 3천원만 받고

일요일의 왱이집 풍경, 본관, 별관에 모두 줄이 서있다.

밖에 자판기에서 커피 뽑아 드시라고 200원을 내줬으니 2,800원이 된다. 나도 심심하면 기사라고 하고 만원짜리를 줬다. 그러면 주인 여사장은 뻔히 알고도 웃으며 기사 취급해서 거슬러 줬다. 시키지 않아도 여분의 콩나물 건더기를 한 대접씩 갖다 놨으며 수란도 달라는 대로 더 줬다.

　　'왱이집' 이름이 알려지기도 전에 미리 예측이나 했듯이 '왱이집', '옹이집', '왕이집' '앵이집' 등등 유사 상호를 다 상표 등록할 만큼 여사장은 촉이 있었다.

　　지금처럼 커지지 않았던 90년대 중반쯤 친구 두 명이랑 셋이서 일요일 아침은 항상 '왱이집'에서 먹을 때가 있었다. 그때 설중매가 처음 나왔을 때인데 항상 2병을 사가서 셋이서 반주로 나눠 마시곤 했는데 두어 번 그러고 나니 우리가 나타나면 아예 잔(설중매에 어울리는 잔)을 3개 준비해서 놔줄 정도로 생각하며 장사를 하는 타입이었다.

　　또한 가족들과 콩나물국밥을 먹을 요량이면 사실 '3번집'을 가겠어? '현대옥'을 가겠어? (토렴을 제대로 해주는 집은 4명이 가면 처음 사람 다 먹을 때쯤 4번째 국밥이 나온다.)

맛을 차치하고 분위기상 '왱이집' 밖에 없었다.

그러는 사이 한 해 두 해가 지나면서 기하급수적으로 번창해 가고 그 뒤로 단체들이 들면서 나의 발길은 갈 이유가 없어지게 되었다. 이제 '왱이집'은 그 주변 일대를 모두 사들여 주차장으로 만들어 왱이집 왕국이 됐다. 브랜드 자체로 유명하고 전주 콩나물국밥집의 대표 중 한 자리를 차지하고는 있지만 왱이집은 내 기준에서의 맛집은 아니다.

또 하나 짚고 넘어가야 할 것이 있다면 '왱이집'과 최근의 '현대옥'이 대내외적으로 전주 콩나물국밥이라는 해장국을 단순한 해장국이 아닌 훌륭한 한 끼 식사로 자리매김하는데 혁혁한 공을 세웠다는 것은 부인할 수 없는 사실이다.

'운암식당'에서 등산모임 동료들.

이 외에도 남부시장 안에는 '운암식당'이니 '그때그집' 이니 '우정집'이니 오래된 콩나물국밥집들이 많고 모두 그저 그런대로 되고 있다.

2015년 여름 '미가옥'이라는 신성이 등장한다.

보아하니 체인점이다. 어디 분점 어디 분점하는 걸 보니 우리집하고 가까운 중화산점이 개업하고 얼마 되지 않아 허실삼아 가 봤다.

깔끔하다. 성의와 은근한 괘미가 있다.

오리지날 토렴이다. 5천원이다.

음식의 맛은 다분히 주관적인 것이다. 내가 맛있다고 해서 다른 사람도 맛이 있는 것은 아니

'미가옥'에서 제대로 토렴하는 중.
(미가옥은 2020년경 '혜연옥'으로 상호가 바뀌고 주인도 바뀐다.)

다. 또한 꼭 맛으로만 따질 것도 아니다.

전주 콩나물국밥 이야기를 쓰면서 MSG에 대해 여러 번 쓰려고 망설였지만 별 의미가 없어서 안 썼다. 코 묻으나 겨 묻으나, 50보 100보니. 하지만 맛도 맛이지만 음식은 그 음식이 가지고 있는 정체성에 있다. 본연의 초식이 있다.

전주 콩나물국밥의 제대로 된 초식은 나는 '토렴'이라고 본다.

개인적으로 추천하라면 남부시장 '다올'과 '운암식당', 태평동 '오거리 콩나물국밥', 서서학동 '소문난집' 등을 들 수 있겠다. 이 밖에도 물론 토렴하고 맛있는 집이 있겠지만 내가 모르니.

이상하게도 우연인지 토렴해 주는 곳에서는 모두 모주를 안 판다.

<2016. 7. 6.(수)>

03 전주가맥

가맥(가게맥주) 문화는 유일하게 전주에서만 발달한 문화이다.

처음 우리보다 앞서서 다닌 선배들은 '점빵맥주' 라고도 했지만 지금은 '가맥'이 거의 고유명사화 되어버렸다.

유래랄 것까지는 없지만 굳이 유래를 쫓아보자면 맥주 먹고 취해보는 게 소원이었던 고단했던 시절, 동네 점빵에서 주인 옆의 여분 의자나 평상에 걸터앉아 라면땅 한 봉다리 까놓고 마시던 것을 탁자 하나 주어와 편하게 놓고 마시라는 똘똘한 주인의 배려가 시작이라면 시작일 수도 있겠다.

그때는 좀 소프트한 OB맥주와 쌉쌀하면서 거품이 많았던 크라운맥주 두 가지가 있었을 뿐이었다. 본격적으로 점빵 안에 공간을 만들어 탁자와 의자를 놓기 시작한 것은 1970년대 중후반이었다.

가장 원조는 '영광상회'인데 지금의 웨딩거리 진미반점 맞은편에 있었고 (중앙동 2가 39번지) 폐점한지 오래되었다.

그 다음으로 1978년 경에 생긴 곳이 지금의 경원동 KT건물 후문 쪽에 있는 '경원상회'와 구 전주우체국 사거리 동락일식 골목 입구에 있었던 '도일상회'이다. 경원상회는 주인이 조카로 바뀌어 지금까지 영업을 하고 있지만 도일상회(중앙동 3가 85-1번지)는 그 뒤 '옹달샘'으로 상호가 바뀐 후 영광상회와 마찬가지로 문을 닫았다.

KT 후문 앞에 있는 경원상회.
현 경원상회 주인과 초원슈퍼 아들은 친구이다.

현재 전주에서 가장 유명한 곳이 '전일슈퍼'와 '초원슈퍼'로 대부분 이곳들을 원조로 아는데 초원은 1979년, 전일은 80년대 초에 열었다. 그즈음 시내 권에서 좀 떨어진 서신동에 '은성슈퍼'도 생긴다. 은성슈퍼는 현재도 성업 중이다.

그 이후에 우후죽순으로 생겨나 영업이 제법 되었거나 현재까지 되고 있는 곳을 꼽아 보자면,

평화동 사거리의 'OK슈퍼', 경원슈퍼 맞은편의 '영동슈퍼', 중화산동의 '삐루봉 가맥', 동문사거리의 '임실슈퍼'(임실슈퍼는 촉촉한 명태와 국물을 내는 걸로 차별화 하고 있다), 평화동 동아현대아파트 부근의 '노고단 가맥', 덕진광장의 '슬기네가맥' 등이 있는데 개업 시기나 규모, 매상 불문하고 원조 가맥에 끼지 못하는 이유는 구멍가게 점빵을 먼저 열고 나서 그 후 맥주를 팔기 시작한 게 아니라 '가맥'을 팔기 위해 '슈퍼' 허가를 냈기 때문이다. 그 후로 '가맥'이라는 상호를 붙인 가게는 모두 그렇다고 봐야 한다.

맨 앞에 거론한 'OK가맥'은 최씨 다형제가 운영을 했는데 가맥은 부업(오래전 폐업)이었고 전주 마른안주 시장을 거의 20~30% 이상 장악하고 있었다.

최소 17~18년 전이었으니 현재까지 하고 있는지는 모르겠다.

전주의 똥꾼(술꾼)들이 가맥을 선호한 이유는 뭐니 뭐니 해도 가격이다.

가게에서 파는 '가정용' 맥주는 음식점에서 파는 '일반음식점용'이나 술집에서 파는 '유흥음식점용' 보다 주세가 덜 붙기 때문에 술값이 저렴하기도 했거니와 (그래서 상호에 '슈퍼'나 '상회'를 붙여 점빵으로 허가를 내는 것임) 안주 역시 싸고 고르기도 쉬었다.

현재의 초원슈퍼.
근데 언제부터 편의점으로 바꿔 달았는지
그동안 뻘로 봐서 잘 모르겠네.

고구마 과자나 새우깡도 즐겨 먹었고 두꺼운 종이 바탕에 손바닥 절반만 한 비닐에 싸여 호지키스에 다닥다닥 박혀있어 하나씩 뜯어 먹는 멸치나 땅콩 등 갖은 마른안주도 값싼 안주였으며 그도 저도 싫으면,

"아줌마, 새콤새콤하게 익은 군둥내 나는 김치 있으면 쫌만 줘봐요" 하면 맥주와 궁합맞는 한상이 금방 차려졌다.

때로 기분 내키면 정체모를 부께미도 서비스하는 초원슈퍼 아줌마의 별미는 고춧가루 넣은 김치를 달달 볶다가 꽁치간스메(통조림)를 통째로 넣어 다시 한번 더 볶아주는 꽁치 볶음이었다. 김치와 요리는 공짜고 꽁치통조림값만 받는 인심이었다. (40년이 지난 최근 어느 날 꽁치볶음 이야기를 했더니 기억이 나는지 안 나는지 그냥 듣고 빙긋이 웃기만 하였다).

나는 초원이나 전일 모두 단골이었지만 처음 다니기 시작한 곳은 초원이었다. 그런데 전주 주류문화에서 '가맥슈퍼'를 하나의 술집 장르로 반열에 올려놓은 곳은 전일슈퍼이다.

전일슈퍼가 뜬 가장 큰 이유는 '간장소스'와 '가격'에 있었다. 청양고추를 쫑쫑 썰어 넣어 북어를 찍어 먹으면 매콤달콤 짭짤하니 일품이었다.

팍팍한 북어를 짭짤한 간장에 찍어 먹으니 맥주가 얼마나 잘 넘어가겠는가!

물론 초원슈퍼나 다른 가맥집도 간장소스를 주기는 하는데 그저 진간장에 계피나 마요네즈를 넣어줄 뿐이니 파뿌리, 감초, 북어대가리 등등 10여 가지 재료와 물엿과 전분을 넣고 끓여 쫀득쫀득한 점도를 맞추고 MSG로 마무리한 전일의 간장소스와는 비교할 바가 아니었다.

북어 가격도 다른 곳보다 1천~2천원은 싸게 받았으며 맥주값 역시 다른 가맥보다 200~300원씩 저렴했다.

'가맥슈퍼'에 전일이 중요한 역할을 한 것 중 또 한 가지는 가맥의 안주를 '정형화' 시켰다고나 할까?

가령 앞에서 잠깐 언급했듯이 초원에서는 안주로 꽁치볶음, 골뱅이무침, 이런저런 부께미 등 손님이 주문하면 할 수 있는 것이면 뭐든 해줬다.

그리고 여타 다른 가맥집들도 마른안주로는 갑오징어와 북어 외에도 마른오징어, 피대기, 쥐포, 한치, 노가리 등 여러 가지였다. 그런데 전일에서는 딱 세 가지 안주로 주 종목을 정해버렸다. '갑오징어', '북어', '계란말이'다.

슈퍼란 형식을 하고 있기때문에 일반적으로 많이 찾는 웨하스, 새우깡, 빠다코코넛, 꼬깔콘 등등의 과자류와 다른 마른안주도 구색은 갖춰져 있고 간혹 그런 안주를 찾는 손님이 있긴 하지만 대부분은 세 가지

안주 중 선택을
한다.

　그중에서도 갑
오징어나 계란말
이도 중요하게 한
몫하지만 메인은
단연코 북어이다.

연탄불에 북어를 초벌 굽고 있는 전일슈퍼 아주머니.

　전일슈퍼는 빠삭한 북어만을 고수한 반면 초원슈퍼는 퍼석한 북어
말고도 나름 개발한 쫄깃하게 씹는 맛이 있는 일명 '명태'가 있고 임실
슈퍼는 초원슈퍼와 같이 쫄깃하면서 촉촉한 명태만을 주 안주로 팔고
있는데 명태 대가리에 수제비 두어 점 넣어 뜨끈한 국물을 서비스로 내
는 걸로 다른 집과 차별화하고 있다.

　가맥집들의 메뉴판에 보면 황태나 먹태 등으로 표기해 놓고 있으나
그냥 북어일 뿐이다.

　거의 99%가 러시아산으로 딱딱한 마른명태(북어) 상태로 들여와 가
공하는 방법과 정도에 따라 전일슈퍼식 북어도 되고 초원이나 임실
슈퍼같은 명태도 된다.

　전일 북어나 초원 북어가 단연코

북어를 손질하고 있는 초원슈퍼 아주머니.

맛이 더 있는 이유는 초벌 말리는 것부터 나중에 구워 나올 때까지 모든 과정이 연탄불로 이루어지기 때문이다. 연탄불에 구워야 속까지 파삭할 뿐 아니라 포장해가서 며칠을 두고 먹어도 눅눅해지지 않는다.

갑오징어는 가격이 통통하다. 언제나 북어 가격의 2.5배 정도 비싸다. 가령 북어가 10,000원이라면 갑오징어는 25,000원이다. 비싼데다가 양도 적다. 다리가 퇴화(?)중이라 아예 먹잘 게 없어서 더 그렇다. 그래서 갑오징어라도 시킬 양이면 물주의 눈치를 봐야 하는데 일단 나오면 먹기 편리하게 찢어 놓는다는 핑계로 도톰한 부위 몇 점은 손바닥 안에 자연스럽게 갈무리 확보한 뒤
"어이, 아껴서들 먹어. 철언이, 자네는 술 마신 담에 안주로 먹어. 그냥 막 먹지 말고"
3년 전에 췌장암으로 죽은 친했던 후배가 갑오징어를 지독히도 좋아했었다. 그렇게 허무하게 갈 줄 알았으면 실컷 먹으라고 할 것을…
그리고 공동안주가 다 떨어지면 확보해놨던 도톰한 놈을 혼자만 몰래 야금야금 먹는다. 마른 갑오징어는 너무 딱딱해서 구운 다음 망치로 두들겨 패서 먹어야 한다.
망치바탕은 철도 레일을 자른 토막 같은 강철로 된 바탕이어야 제대로 찧어진다.

은성슈퍼 주인은 갑오징어 망치질 때문에 팔에 엘보가 걸려 거의 반병신이 되었다고도 한다. 그래서 수요가 많은 전일이나 초원슈퍼에서는 아예 전기 모터로 찧는 '프레스'라는 기계를 맞춰서 쓰고 있다.
전주에서 갑오징어와 북어를 가맥슈퍼들에게 도소매하는 동부시장

의 대웅상회 사장은 매년 4~6월이면 서남해안 일대를 돌며 마른 갑오징어나 반건조 갑오징어를 매입하러 다니는데 스

동부시장의 대웅상회.

타렉스에 가득 채워오면 보통 1,500만원~2,000만원어치 가량 된다고 한다. 근데 대웅상회 사장 말에 의하면 특이하게도 전국적으로 이 마른 갑오징어 수요의 90% 이상이 호남지방도 아니고 전라북도도 아니고 옴쓰락 전주라고 한다.

올해(2019년)부터는 갑오징어는 어장과 소매점에 다이렉트로 연결하여주고 오로지 북어만 전문으로 취급하기로 했다고.

북어 손질이 완전 노가다보다 더 하다고 대웅상회 여주인 손은 늘 병원을 필요로 한단다.

계란말이 안주는 빈속에 술 못 먹는 사람들에게는 아주 딱

그래도 하루 종일 묵묵히 북어 손질에 열중하고 있는 대웅상회 여주인.

프레스에 갑오징어를 찍고 있는 전일슈퍼 아주머니.

이다. 싸기도 하고 푸짐하기도 하다. 그런데 전일슈퍼가 이 계란말이로 한때 수난을 겪은 일이 있다.

전일이 워낙 장사가 잘 되다보니까 전주의 어지간한 군소 술집들의 질시를 받았다. 그래도 IMF 외환위기 이전에는 너나 나나 그저 먹고 살만 했으니 장사가 잘 되든 말든 그러려니 했는데 IMF 이후로 매상 차이가 극명해지고 부익부 빈익빈이 심해지니 그렇게 잘나가는 전일을 그냥 두고 보지 않았다.

어떻게 슈퍼에서 일반음식점에서나 팔 수 있는 조리된 계란말이를 파느냐며 해당 처(=소관부처)에 먹어댄 것이다. 그때 당시 그런 걸로 신고되고 적발되어 봤자 형식적인 벌금 몇 푼 부과되고 전일 수입으로 봤을 때 그 정도야 매달이라도 물을 수 있었겠지만 그 결과보다 그것을 계기로 재미있는 논란이 일었다.

슈퍼(업종이니 업태니 따지지 말고)에서 합법(?)적으로 어디까지 팔수 있는 것이냐? 조리한 것은 팔 수 없다면 어디까지가 조리인 것이냐?

가령 라면을 끓여 주면 조리고 사발면에 물을 부어 주면 조리가 아니냐?

조리가 가열의 의미까지 있다면 오징어를 그냥 주면 괜찮고 불에 구

44

워주면 안 되는 것이냐!

그럼 골뱅이무침은 가열을 안 하니 조리가 아닌 것이냐? 이런 알맹이 없는 논란의 중심에 전일이 서 있었는가 하면 가정용 맥주를 판매한 것에 대해서도 자유롭지가 못했다.

그 당시 잠시 유행했던 '오비베어'네 '크라운베어' 같은 체인 호프집에서 세무서에 항의를 한 것이다.

사실 시 공무원이나 세무공무원들이 전주의 가맥 실태를 모를 리가 없었다. 하지만 전주만의 서민 주류문화에 대해 암암리에 동조하며 묵인하고 있었을 터인데 민원이 들어오는 데는 어찌할 수 없었을 것이다.

2000년 초 어느 해인가, 전일이 가정용 맥주 판매로 세금 폭탄을 맞았다는 소문이 돌았다.

나중에 알고 보니 1년분 치 100여만 원 정도 물었다는데 소문이 날 당시는 적게는 몇 천만 원, 많게는 억대라고 했다.

이 전일슈퍼가 워낙 장사가 잘되다 보니 이런 식의 황당한 루머가 떠돌곤 했다.

팔복동에 큰 저온창고가 있어 갑오징어와 북어가 항상 몇 천만 원어치씩 쟁여져 있다는 루머도 있었고 (가게 홀 구석에 한 평 반이나 되는 저온창

초원슈퍼의 프레스.
앞에 앉아 있는 주인아저씨는
10여 년 전 전일 아저씨와 마찬가지로
2019년 추석날에 돌연사를 하였다.
지병도 없었고 징후도 없었는데.

45

고가 있긴 있음), 10여 년 전에 남자 사장이 물리치료를 받고 자다가 의료사고 아닌 돌연사를 당했는데 죽고 난 뒤에 보니 마을금고 신협 등에 숨겨 놓은 예금이 몇 억도 아닌 몇십 억원이 있다는 것이다. 물론 루머였다. 헌데 지금(2019년도)까지도 그것을 믿고 있는 사람이 있다.

현 여주인도 마찬가지지만 돌아가신 그 양반도 참으로 성실했다.

애초 전일슈퍼가 가맥을 팔기 전에는 연탄을 팔며 배달도 했었다. 가맥을 시작한 후에도 술 한 잔 마시는 걸 보지 못했고 오로지 하루 일과가 연탄불에 북어를 말리거나 굽는 거였다.

내가 아는 한 그 양반의 유일한 낙은 두어 달에 한번 정도 광주로 해태타이거즈 야구 보러 가는 거였다.

그렇게 성실한 삶을 살고 장사는 엄청 잘 되다 보니,

"저 냥반은 무슨 낙으로 산디야?"

"저 냥반 어디 돈 쓸디나 있것어?"

주위에서 수군거리는 이런 말들이 호사가들에게 부풀려 그런 루머가 생겨났지 않나 싶다.

지금은 '전일슈퍼'와 '전일갑오'로 상호를 병기해 놨다. 대한민국에서 마른 갑오징어를 제일 많이 파는 가게다운 상호이다.

계란말이 사건이나 가정용 맥주로 인한 세금 추징 땜에 당연히 사업자등록을 바꿨을 것이고 그때 고민하여 정한 상호일 테지. 최근 젊은 층에 폭발적인 인기를 끌고 있는 객리단길의 '달팽이슈퍼'나 동문사거리의 '풍남슈퍼'는 족발을 비롯하여 10여 가지 안주 메뉴를 줄줄이 적어 놨으며 풍남슈퍼는 수족관까지 갖춰 회까지는 판다. 물론 간판만 슈퍼이고 신고나 허가는 일반음식점으로 냈겠지만.

달걀말이가 조리네 아니네 하던 시절을 생각하면 격세지감을 느낀다.

　내 기준에 전주의 가
맥은 전일과 초원뿐이
다. 그것도 전일은 젊은
층과 관광객들이 들끓
어 가기가 싫고, 간다면
이제 초원만 남는다.
　전일이나 초원을 가면
간혹 재미있는 일이 벌
어진다.

전일슈퍼 초창기엔 연탄이 슈퍼의 주요 판매품목이었다.

　"아이고, 선배님 오랜만입니다 제 맥주 한 잔 드시지요. 저는 일행이
있어 이만."

　저쪽 테이블에 오랜만에 보는 반가운 선배가 있어 맥주 5병을 들고
가 테이블에 놓고 온다. 얼큰한 김에 이렇게 하고 말았다면 생색은 실컷
내고 계산은 저쪽 테이블에서 하게 된다.

　다 먹고 나면 계산은 해당 테이블 빈병을 세어 하는 법이니.

　<2019. 10. 25.>

같은 집인데
한쪽은 '전일갑오'로
간판을 다르게 달았다.

04 전주물짜장

'물짜장은 전주에만 있다. 전주에 있는 거의 모든 중국집은 물짜장을
다 한다. 하지만 다 맛있지는 않다'

내가 외지인들에게 물짜장에 대해서 설명할 때 늘 하는 말이다.

하긴 요즘 전주 물짜장이 워낙 뜨다보니 익산이나 군산 등 타지에서
도 앞 다퉈 메뉴에 올린다더구먼.

또 때깔을 설명할 때는,

"울면이라고 아시죠? 울면은 우동에서 국물 빼고 전분을 넣어 쫀독거
리게 만든 거라면 물짜장은 짬뽕에서 국물을 없애고 찰지게 만들었다
고 보면 됩니다."라고 한다.

물짜장에 대한 이야기를 하기 전에 한 예를 들어보면 40~50대에 잘
어울리던 친한 친구가 있었는데 둘이 주량도 비슷하고 식성도 비슷했
다. 그런데 유독 짜장면에 대해서는 서로 호불호가 갈렸다. 나는 진미반
점 짜장면이 대한민국에서 제일 맛있다고 한 반면 그 친구는 홍콩반점
짜장면이 대한민국에서 제일 맛나단다.

그 두 집은 모두 오래 된 화교가 운영을 했고 지금의 웨딩거리에 불과
100여 미터 사이에 두고 위치해 있었다. 육안상의 특징을 보면 진미 것
은 찰졌고 홍콩 것은 묽었다. 짜장 소스에 들어가는 재료는 홍콩 것이

듬성듬성 더 컸다.

　사실 따지고 보면 양쪽 집 모두 맛이 있었다 할 것이지만 친구나 나나 개성이 워낙 강해서 서로 주장을 했을 것이다. 근데 우리는 진미를 5번쯤 갈 때 홍콩은 1번 정도 밖에 안 갔다. 왜냐하면 항상 밥값을 내가 내니까.

　이제 홍콩반점은 없어져 비교해 볼 수가 없지만 내가 왜 이 이야기를 꺼냈냐하면 맛이란 다분히 주관적이고 맛에는 상수가 없다는 말을 하고 싶어서이다. 따라서 앞으로 내가 물짜장의 맛에 대해서 이야기 할 때는 그 점을 감안했으면 한다.

　나는 한 때(40~50대쯤?) 물짜장에 빠져서 맛있다는 곳은 꼭 찾아가 먹어봐야 직성이 풀렸다.

　그 당시 내가 주로 다니며 맛의 기준이 되었던 곳이 시청 앞 오거리 부근에 있는 '수정관'이다. 여러 곳을 다녀 봤는데 대부분 그저 그랬고 화교가 운영하는 경원동 '영흥관'과 태평동에 있는 '중본이짜장'(현재는 주인이 바뀌어 별로임)만이 수정관 맛과 대등했다.

　지금은 백종원이 덕분에 대박이 나고 있는 남부시장의 '노벨반점'도 그 시절 가봤는데 인근에서 현재 장

2023년 8월의 수정관. 그래도 관광객들이 꾸준히 찾아온다.

소로 확장 이전하기 전이었다. 점심시간이었는데도 자리는 헤성헤성 했고 물짜장은 때깔도 맛도 나에게는 기준 미달이었다. 쉽게 말해 어느 동네에나 하나씩은 있는 그런 중국집이었다.

노벨반점은 뒤에 다시 이야기하기로 하고.

그때 수정관 주인은 나보다 대여섯 살은 더 위였으니 지금(2023년)은 70대 초중반 쯤 되었을 것이다.

얼굴이 좀 얽었고 혼자 주방과 배달을 모두 소화했다. 얼굴이 좀 반반한 중년여자가 서빙 겸 바쁠 땐 주방도 거들었는데 처음엔 부인인 줄 알았는데 종업원이었고 부인은 어쩌다 붐비는 점심때 나와 카운터를 봤는데 풍을 맞아 반신을 잘 못 썼으며 서빙도 못하고 겨우 계산만 도왔다. 겉모습도 남자 주인보다 열 살은 더 들어보였다. 그래서 그런지 종업원 여자와 썸씽이 없을래야 없을 수 없을 것 같았다.

2013년경 수정관 주인은 돌연 가게를 넘겨 버리고 얼마간 쉬다가 중앙시장 한성원 주방장으로 들어갔다. 수정관은 젊은 부부가 인수를 했는데 그 뒤로 맛이 변해서 발길을 끊었다. 근데 희한한 것은 수정관 주인이 한성원 주방장으로 갔으니 한성원 물짜장이 예전 수정관 맛이 나야하는데 아니었다. 아마 한성원 주인도 주방장 출신이라서 월급쟁이 주방장이 마음대로 못하는 게 있었으리라.

이 수정관이 의미가 있는 이유는 2013년 5월(주인 바뀌기 전) 가수 '데프콘'이 전주 본가에 와서 배달된 수정관의 물짜장을 먹고 TV오락프로에서 소개를 하는 바람에 생소한 이름의 '물짜장'이 졸지에 전국으로 유명세를 탄 것이다.

그로부터 2년 뒤인 2015년 어떻게 섭외가 되었는지는 모르겠는데 전

주 노벨반점이 백
종원의 삼대천왕
TV프로에 나오
게 되었다. (2012
년 TV '1박 2일'
에도 노벨반점이
소개되었으나 그
때는 크게 주목
받지는 못했다)

왼쪽에 백종원사진이 큼지막하다.
평일이라서 그렇지 주말 같으면 줄을 선다.

한옥마을이 한창 뜨던 시절이라 관광객들에게까지 소문이 퍼지면서 노벨반점은 감당할 수 없을 정도로 손님이 밀려들었고 결국 현재 장소로 확장 이전까지 하게 되었다.

코로나 시절이야 다 어려웠으니 말할 거 없고 코로나가 물러간 지금은 예전 같지는 않지만 다시 주말이면 줄을 선다.

그런데 문제는 90%이상이 관광객들이라는 점이다.

내 개인적인 불만은 그 관광객들이 노벨반점 물짜장을 먹고 그게 전주를 대표하는 물짜장이라고 인식을 해버린다는 것에 있다. 그렇다고 무슨 물짜장 기행이라도 온 것처럼 '영흥관' 물짜장, '석명각' 물짜장 다 비교하면서 먹어 볼 수도 없는 노릇이고.

하지만 달리 생각하면 가령 어느 식당에서 색다른 음식을 맛있게 먹고 다음에 또 두 세 차례 가서 변함없이 맛있게 먹었다면 이미 그 메뉴에 내 입맛이 길들여졌다고 봐도 될 것이다.

전주에 여러 번 온 관광객 삼식이가 올 때마다 노벨반점 물짜장을 먹었다면 삼식이는 여기가 전주에서는 제일 맛있는 정통 물짜장집이라고 생각할 것이고 그 생각이 결코 잘못된 것은 아니라는 것이다.

더구나 백종원이 왔다갔다고 모두 대박 나는 것은 아니다.

가령 남부시장 콩나물국밥집 '3번집'은 백종원이 왔다 간 뒤로 몇 개월 호황을 누렸는데 초심을 잃어 지금은 파리 날리고 있다.

노벨반점은 적어도 그러지는 않은 것 같다. 왜냐하면 일단 손님이 꾸준하고 인터넷상에 올라오는 사진을 보면 예전 내가 먹었던 것과는 달리 해물이 눈에 많이 띠고 붉은 색도 예전보다 더 짙어진 것 같아서이다.

그래서 이 글을 다 쓰기 전에 다시 가서 먹어 볼 생각이다.

하지만 내가 택시를 하는 7년 동안 노벨을 가거나 노벨에서 탄 손님 중 전주 사람은 딱 한 팀씩이었는데 노벨에서 탄 경우는 코로나 이전이었고 저녁 해질 무렵이었다.

"저게 뭐가 맛나다고 사람들이 버글버글 하는거여"

"다 관광객들이잔여"

"지미, 노벨 노벨해서 와봤드만 우리 동네 5천원짜리 한들각(완산구 효자동)만 훨 못하네"

30대 남자 세 명이 타면서 저마다 한 마디씩 한다.

노벨이나 물짜장에 관심이 있었던 나로서는 하고 싶은 말도 있었고 묻고 싶은 말도 있었는데 꾹 참았다. 또 중화산동에서 노벨반점을 가자고 한 경우가 있었는데 그 얘기는 다른 이야기 후에 다시 하겠다.

사실 물짜장의 포인트는 별거 아니다. 전분, 해물, 매콤함 이 세 가지다. 이것들을 어떤 비율로 어떻게 볶아서 맛을 내느냐는 요리사 각자의 비결이겠지.

어느 날 평소 잘 알고 지내던 진미반점 주인에게 물었다

“여기 물짜장은 어떻게 만들어요?”

“아고, 그거 영업비밀인디요”

나는 같잖다는 듯 눈을 흘기고 말았는데 주인은 내 질문의 의도를 몰랐다.

전주에서 진미반점과 대보장의 물짜장은 초식이 달랐다. 물짜장은 일단 매콤해야 하는데 진미와 대보 것은 흐멀건하니 우동과 울면의 중간 정도라고나 할까?

그런데 내 동생은 그걸 먹어보고는

“나는 진미반점 물짜장이 맛있던데?”

그건 잡탕밥을 시켰는데 잡채밥이 나오니까 그걸 먹고는 맛있다고 하는 격이다.

내가 전주 막걸리, 콩나물국밥 이야기보다 전주에만 있는 물짜장이나 가맥이야기를 먼저 쓰려고 했는데 물짜장이 제일 늦어진 이유는 ‘물짜장’이란 이름의 유래와 원조 물짜장집에 대한 확신이 없어서였다. 그런데 이제는 어느 정도 감을 잡았고 더 이상 조사하고 물어 볼 대상이 없어 써보기로 한 것이다.

먼저 물짜장이란 명칭을 보면 실물과는 전혀 어울리질 않는다. 물이 있는 것도 아니고 짜장이 들어가 까만 것도 아니고. 그 동안 중국집 주인들이나 주방장들을 만날 기회만 있으면 왜 물짜장인지를 물어봤지만 어느 누구도 명쾌히 대답하는 사람이 없었다.

나의 또 다른 단골인 2대째 화교가 운영하는 ‘영흥관’에 몇 달 전만 해도 홀 벽면에 온통 자기네가 물짜장 원조라고 써 붙여 놨었다(지금은 막 리모델링은 하여 아직은 깨끗하다).

남편이 주방을 보고 부인이 홀서빙을 했는데 얼마 전부터는 아들도

23. 11. 11. '중국가게'(華商)라고 명기한 영흥관 전면. 내부는 갓 리모델링을 했다.

같이 돕는 것 같았다.

영흥관은 원래 배달을 안 하는데 내가 인근 원룸에 몇 개월 살 때 나는 예외로 배달을 해 줄 정도로 친했다. 나도 물론 바쁜 시간은 피해서 시키는 예의는 지켰지만.

내 물짜장의 변천사는 수정관→중본이짜장→영흥관 그리고 최근에는 석명각으로 옮겨 왔다.

내가 택시를 시작하고 근래 석명각을 알기 전까지는 먹거리를 물어 보는 관광객들에게 줄기차게 영흥관 물짜장을 선전했다. 그 덕분에 전주 물짜장을 검색해 보면 노벨반점 다음으로 영흥관이 많이 뜬다. 주인도 그걸 알아서 내가 가면 서비스로 고량주나 빼갈을 한 병씩 준다.

그 이후 물짜장 효과를 알고부터 벽면에 원조라고 써 붙인 것이다.

언젠가 넌지시 물어 본 적이 있다.

"물짜장이 왜 물짜장이라고 했대요?"

"나는 잘 몰라요 우리 시아버지가 맹그러서요"

화교들은 대부분 대물림으로 몇 십 년 이상을 중국집을 해 와서 나름 요리에 대한 자부심이나 아집이 강하다.

진미반점도 전주식 물짜장을 만들 줄 몰라서 히멀건하게 내놓고 물짜장이라고 할까? 자기네가 원조가 아니라는 것을 뻔히 아니까 자기들만

54

의 초식으로 만들어 놓고 원조라고 주장하는 거지. 또 대보장(화교) 주인에게도 물어 본 적이 있는데 그 양반은 자기네라고는 하지 않고 지금은 없어진 옛 다가동파출소 부근에 있었던 '홍빈관'(역시 화교)일 것이란다. 자신도 없고 믿기지도 않게 말했던 것으로 기억한다.

전주 한옥마을 끝자락의 조그만 '석명각'.

내가 '물짜장' 이름에 대한 힌트를 처음 얻은 때는 석 달 전인 23년 8월이다.

한옥마을 남쪽 끝자락에 있는 '석명각'이라는 조그만 중국집인데 전주 짜장기행을 한답시고 돌아다니다가 발견한 곳으로 짜장이면 짜장, 볶음밥이면 볶음밥, 울면이면 울면, 다 맛있었다. 물짜장은 말할 것도 없고. 그날은 점심 한참 전이라서 한가했다.

삼복중이라 콩국수를 시켜 시원하게 먹으면서 지나가는 말로 물어봤다.

석명각 물짜장.
창밖을 내다보고 있는 사람이
석명각 사장님이다.

"물짜장은 왜 물짜장이래요?"

그러자 주방장겸 사장님은 농 섞인 웃음을 지으며

"물이 들어갔게 물짜장이것지요"

"물이 들어가요?"

"암먼요. 가다꾸리(전분)가 들어가양

게 물이 들어가요" (싱겁긴)

이러고 끝났다.

그러다가 얼마 전 사우나 헬스장에서 러닝머신을 하다가 러닝머신에 달린 TV 채널을 이리저리 돌리는데 문득 중국집 주방이 나왔다. 앞뒤가 뭔지는 모르는데 주방장 하는 말이 번쩍 귀에 꽂혔다.

"간짜장은 원래 마를 '건'자를 써서 '건짜장'입니다. 야채와 고기를 볶을 때 물이 안 들어가서 건짜장인데 그게 부르다보니 간짜장이 된거지요"

그럼 물짜장이 말이 되지 않는가!

답은 모양이나 때깔이 아니고 조리법에 있었던 것이다.

그 동안 내 얄팍한 상식으로는 짜장에 야채와 고기를 좀 더 넣으면 '간짜장', 짜장에 오징어·새우·해삼을 넣으면 '삼선짜장', 고기와 해물이 다 들어가면 '삼선간짜장'이라 알고 있었다. 때깔만 보면 내가 꼭 틀린 것도 아니지만. '삼선'도 최근에 안 것인데 해물뿐이 아니고 버섯류나 고기 등을 포함시킬 수도 있단다.

어쨌든 모든 고유명사가 명확한 유래나 이유가 있는 것은 아니니 정리해 보면 춘장과 물이 들어가면 '짜장', 춘장이 들어가고 물이 안 들어가면 '간짜장', 춘장이 안 들어가고 물이 들어가면 '물짜장'! 이렇게 매듭짓고 싶다.

이제 전주 물짜장의 원조를 찾아보자면 먼저 1960년대로 거슬러 올라가서 내가 놀던 남문 통에 '태풍거'란 유명한 중국집이 있었다.

인근 1킬로 반경 내에는 배달을 하지 않는, 화교가 운영하는 '대관원'과 '아관원'이 있을 뿐이었으니 장사는 아주 잘되었다 그 당시에 물짜장이라는 것은 당연히 없었다.

그 후 60년대 말인가 70년대 초쯤에 태풍거에서 착실하게 배달을 하던 종업원이 재금나와 싸전다리 부근에 '풍남루'라는 간판을 걸고 영업을 시작했다. 물론 태풍거 사장이 도와줘서 개업을 할 수 있었다. 그 종업원은 태풍거 시절 워낙 성실해서 배달 손님은 거의 풍남루로 옮겼다.

태풍거는 내점 손님만으로도 충분했을 것이고 그보다도 얼마 되지 않아 태풍거는 팔복동으로 이사했다. 풍남루는 그로부터 10년 이상을 번성했는데 배달은 항상 사장이 직접 했다. 그때 그 사장이 고안한 게 단골 사무실이나 가게 등에는 식초 통과 고춧가루 통을 아예 고정으로 비치해 뒀다.

70년대 중후반 고딩시절 나의 단골인 남문의 허슬러 당구장, 전동터미널 맞은편의 청룡당구장, 싸전다리 부근의 그린당구장에도 그 통들이 다 있었고 우리는 짱개를 자주 시켜먹었지만 그때도 물짜장은 없었다. 물론 새 메뉴가 개발되고 소문이 퍼지면서 조리법까지 일반화되려면 최소 몇 년은 걸릴 테니 전주 어느 곳에서인가 이미 태동하고 있었는지는 모르겠지만 그동안 내가 알아본 바로는 물짜장의 시초는 79년이나 80년이 가장 유력하다.

장소는 중앙시장 인근의 거북탕 사거리에 있었던 '태양관'이다. 연도를 특정 짓는 이유는 80년이 내가 제대한 해이고 그 때 처음 태양관 물짜장을 먹어 봤는데 이미 많이 알려져 손님이 버글버글 했다.

얼마 전 중앙시장 버드나무(지금은 베어지고 없지만 아직도 중앙시장 앞쪽 입구를 말 할 때면 '버드나무 밑'이라 한다) 맞은편에 있는 약 45년 된 '중앙문구' 사장님과의 대화이다.

부근에 내 옛 직장이 있었는데 총무를 담당할 때 회사 문구류를 독점으로 구입해 줘서 잘 아는 사이다.

"사장님, 혹시 태양관이라고 기억나시나요?"

"저기 카도에 물짜장 하던 집말이죠?"

"네 그게 언제 쯤 생겼죠?"

"그것이 나랑 비슷했는데 아마 나보다는 좀 늦게 열었을걸요? 남자가 늙지도 않았는데 머리가 좀 벗어졌고 장사가 잘 되었지. 점심때면 나래 비를 섰으니. 내 입에는 밸로드만 한 사년 쌈빡허니 잘 해먹었는디 각시 가 갑자기 불치병에 걸리는 바람에 가게를 제대로 넘기지도 못 허고 접 었지 아마?"

앞에 보이는 빨간 3층 건물이
'전주시 완산구 태평3길 3' 옛 태양관 자리다.

태양관하고 중앙시장 사이에 '전주철재상사'라고 있는데 그 자리에서 60년 넘게 대를 이어 영업을 하고 있다. 유세춘이란 친구인데 지금은 아들까지 나와 3대째를 잇고 있다.

"저기 한일베어링 자리에 있던 태양관 말이지? 거기 주인들이 건국댄 가 나온 학사 부부였어, 시작 했을 때는 짜장 짬뽕 다 했는데 물짜장이 뜨고 나서는 물짜장만 했을걸? 근데 각시가 아파서 몇 년 못했어."

그 거리에 오래 살았다고 두 사람이 태양관이 물짜장의 원조라는 걸 증명 할 수는 없겠지만 나는 그 이전의 자취는 발견하지 못했다.

나는 태양관에서 1980년에 처음 물짜장을 먹어봤고 그 뒤로 두어 번 더 갔는데 딱히 맛있다는 걸 느끼지는 못했지만 특이한 게 '불맛'이 난 걸로 기억한다.

그 뒤로 현재까지 불맛 나는 물짜장을 딱 한 번 더 먹어봤는데 십 수 년 전 영흥관에서였다.

실수로 불맛을 나게 했는지는 모르겠지만 다시는 그 어디에서도 불맛을 보지 못했다. 이 기회에 석명각에 가서 불맛을 한 번 내보라고 해야겠다

석명각 주인은 물짜장 이름만 힌트를 준 게 아니라,

"사장님은 물짜장 원조가 어디라고 알고계세요?"

"확실히는 모르는데 70~80년대에 태평동 어디서 시작했다는 것 같아요"

'태양관' 이름은 몰랐지만 내가 주장해 온 것을 증명해 주는 것 같아 아주 힘이 되었다.

2023년 11월 24일(금) 11시 25분에 노벨반점을 갔다.

11:30부터 오픈이라는데 내가 들어가기 전 여자 1명을 포함 한 5명이 먼저 들어간다. 시키는 메뉴를 보니 관광객은 아니고 옷차림을 보니 주변에서 온 모양이다. 잡채밥 둘, 간짜장 둘, 물짜장 하나와 소주 2병을 시킨다.

종업원이 나에게도 물짜장 주문을 받아갔다. 불과 10분도 안되어 솔로 관광객들과 커플들로 홀이 꽉 찬다.

물짜장 2개가 금방 나온다. 저쪽 테이블에 하나를 내려놓고 나에게도 놓고 간다.

외… 앙이 엄청 많다 때깔도 먹음직하다 내가 좋아하는 목이버섯이

노벨반점의 물짜장. 때깔이 보통 아니다.

많이 들어 있어 맘에 드네.

여기서 의문이 든다. 물짜장이 제일 먼저 금방 나왔다는 것은 소스를 이미 만들어 놨다는 뜻인데 보통 음식을 할 때 대량으로 몽땅 조리를 해야 깊은 맛이 난다고 하는 경우도 있고 또 하나는 즉석에서 바로 조리를 해야 맛있다는 경우도 있다.

노벨반점이 아닌 다른 중국집이었으면 물짜장의 수요예측이 어려워 미리 소스를 만들어 놓지 못하고 시킨 후에 소스를 만들어야 할 것이다.

그럼 미리 대량으로 만들어 놓은 노벨 것이 맛날까?

바로 만드는 일반 중국집이 것이 맛날까? 모를 일이다.

뒤이어 들어 온 관광객들은 모두 물짜장을 시키고 어느 싱글 한 명만이 만두를 시킨다. 물짜장이 의외로 맛이 괜찮다. 이 집에서 십 수 년 전

2023년 11월 24일(금) 11:48의 노벨반점. 오픈하고 20분도 채 안되었는데 자리가 다 찬다.

에 먹었던 물짜장이 아니다. 그동안 많이 발전을 한 모양이다.

이 정도면 '전주 대표 물짜장'이라 해도 별로 억울할 것이 없다.

와 보길 잘했군! 하지만 나는 석명각 것이 더 낫다.

여기서 앞에서 말 한 택시 손님 얘기를 해야겠다.

5~6개월 전쯤(2023년 5~6월?) 중화산동에서 한옥콜로 손님을 태웠는데 내 나이 정도 되는 여자 두 명이었다. 노벨반점을 가잔다. 간혹 노벨반점을 목적지로 말하고 가는 손님이 있지만 전주 사람이면 거의가 찾기 쉽게 노벨반점을 말하는 거지 실제로는 그 주변이 목적지였다.

그 날도 그러려니 하고 가고 있는데 대화가 흥미롭다.

"성님은 물짜장 처음이여?"

"물짜장이고 뭐고 나는 밀가룻 것 별로여"

"한 번 먹어봐 이 집 물짜장은 맛나"

나는 전주 사는 택시 손님이 노벨반점을 가는 것도 처음이고 맛있다고 말하는 것도 처음 들었다.

"여사님, 전주 분이세요?"

"예, 나는 전주 토백이고 이 성님은 부안에서 오셨어요"

"근데 노벨반점 물짜장이 맛있나요?"

"그럼요, 손님도 얼마나 많은데요. 자리 없을까봐 일찍 가는 거예요"

"그럼 다른 중국집에서도 물짜장 드셔보셨어요?"

"글쎄, 다른 데는 잘 모르겠고 예전에 중앙시장 태양관이 맛있었는데 거긴 없어졌고"

"아니, 몇 십 년 전에 없어진 태양관을 아세요?"

"집이 전주국민학교 옆이어서 자주 갔어요"

나는 너무 반가웠다. 태양관을 기억하는 사람이 있다니.

"그럼 내가 소개하는 물짜장집 한 번 가보실래요?"

그 여자분은 물짜장 마니아였고 물짜장에 대해 여러 얘기를 했다.

그리고 내가 권하는 대로 석명각에서 내렸다.

중화산동에서는 노벨반점이 더 가까워 택시비를 1,000원 깎아줬다.

석명각에 대한 그 손님의 평이 궁금해서 꼭 물어보려 했는데 바쁘다 보니 깜박했고, 다음날에야 생각이 나서 전화를 했다(한옥콜로 부르면 상대의 번호가 나에게 남겨짐).

어제 태웠던 택시기사라고 얘기하고는,

"그 석명각 물짜장 맛이 어떻든가요?"

"아, 괜찮던데요"

내 안내에 대한 예의로 대답했는지는 모르겠지만 그동안 노벨에 길들여진 입맛에 저 정도의 답변은 긍정적 아닐까?

서두에서도 말했듯이 어떤 식당에 길들여졌든 아니든 입맛은 주관적이다.

물짜장 마니아들에게 노벨과 석명각, 영흥관(아니 영흥관은 제외하자. 석명각과 초식이 비슷하지만 가격이 비싸니 석명각은 아쉽게도 2024년 11월에 건강상의 이유로 문을 닫았다) 물짜장을 먹어 보고 평하라 하고 싶지만 이 글을 맺는 지금, 별 의미가 없다는 결론이 내려진다.

전주에는 내가 거론한 중국집들 말고도 숨어 있는 맛집 물짜장집들이 얼마든지 있을 것이니 말이다.

<2023. 11. 26.(일)>

05 전주한옥 칠경과 옛 시절

지각없는 일부 전주 사람들이 하는 말이 있다.

"한옥마을 뭐 볼 것이 있다고 오는가 모르것어"

심지어 볼 게 없어도 지어내서라도 자랑해야 하는 관광 일선의 택시 기사마저도 한옥마을 가는 관광객을 태우고 저런 말을 내뱉으니 한심하기 짝이 없다.

그럴 때면 나는 입에 거품을 물고 침을 튀기며 설명을 한다.

'우리가 태어 날 때부터 거기 있었고 늘 곁에 두고 살아와서 그 소중함과 가치를 모르고 있지만 한옥마을이 이렇게라도 성공(2022년 통계 카카오내비 전국 검색순위 1위 전주한옥마을)한 이유는 경기전, 풍남문, 전동성당 같은 든든한 유, 사적이 기반으로 버티고 있기 때문이여'. 이렇게 시작하여 살을 붙여 나간다.

지난해(2022) 8월 전동성당이 2년간의 보존수리를 마치고 참하게 모습을 드러냈는데 그때 성당에 대한 이런저런 느낌을 썼었다.

근데 쓰는 도중 주변 경기전과 남문에 대한 어릴 적 기억이 떠올라 그것에 대해서도 써보자 했는데 쓰려던 것을 차일피일 미루다가 이번에 맘먹고 끄적거리려다 보니 아무래도 내 유,소,청년기를 한옥마을 부근에서 보낸 터라 경기전, 남문, 전동성당 말고도 한옥마을 안팎에 자리해 있는 한벽당이랄지 오목대 등등 기억의 폭이 점점 커진다.

그래서 이참에 주섬주섬 싸잡아 정리를 한 번 해봐야겠다.

1. 경기전

2. 풍남문

3. 전동성당

4. 오목대

5. 한벽당

6. 전주향교

7. 학인당

순서에 무슨 특별한 의미가 있는 건 아니지만 나름 생각하는 것이 있긴 하다.

제목도 '한옥칠우', '한옥칠보' 등 고민하다가 일반적이고 알기 쉽게 그냥 '한옥칠경'으로 해본다.

각 유적지들의 일반적인 설명은 인터넷에서 검색해 보면 세세하게 나와 있으니 나는 나와 관련된 사연들과 사적인 의견을 써보려 한다.

현재의 한옥마을이다. 맨 위 '객주'는 내 단골 술집이다.

1980년대의 한옥마을이다. 한벽당과 향교, 학인당은 사진 밖에 있다.
이때 경기전을 보면 중앙초교의 남동쪽 귀퉁이에 붙어 있다.

1. 경기전

1930년대(위) 사진과 현재(아래)
비교해 보면 하마비의 방향이 바뀌어 있고
하마비와 홍살문의 사이 거리 차이가 많이 난다.

지금의 경기전은 내 어릴 적(1960년대)의 경기전보다 단순 면적은 5배 정도 커졌지만 내, 외형 가치는 300배 올랐다고 해도 과언이 아니다.

물가상승률을 적용하지 않고도 한옥마을 땅값 자체가 100배는 올랐으니 말이다. 거기다가 국민들의 높아진 문화적 인식도를 적용하면 500

배라 해도 할 말 없겠지.

1960년대 중반, 초등 저학년 때 그곳은 우리 놀이터였다.

담도 문도 아주 허술했고 우리는 잘 들어가 보지 않는 안쪽에 어진 이 있는 정전과 실록각, 그리고 허름한 고가가 두어 채 있었을 뿐이었다. 그때의 경기전이라는 곳은 넓은 중앙초등학교 한쪽 구석에 사글세 사는 신세였다고나 할까? 한마디로 몰락한 왕조의 비애였다.

조선왕조가 일제에 이씨조선이라 폄하 당하며 짓밟히지 않았다면 태조의 초상화가 모셔져있는 곳이 그렇게 방치되었겠는가.

우측 행인 2명이 걸어가는 자리는 오른쪽으로 중앙초교 3층 건물이 있었고 5학년 때 나의 교실도 있었다.

저 홍살문 안쪽이 우리 '방울치기' 야구장이었다.

우리의 주 놀이터는 홍살문 부근이었고 '빵울치기'를 하며 놀았는데 빵울치기는 야구 룰과 비슷한데 일단 배트나 글러브 등 도구가 필요 없고 물렁한 고무공 하나만 있으면 된다.

타자는 주먹을 배트 삼아 치고 뛰면 되는데 수비는 터치하여 아웃시켜도 되고 뛰는 주자에게 공을 던져 몸 아무 곳이

나 맞춰도 아웃된다. 홍살문 가운데가 홈베이스였다.

우리가 뛰놀던 그 시기가 어쩌면 경기전 역사상 가장 피폐해져 있던 시기가 아니었나 싶다.

일제강점기의 훼손과 방치에 이어 해방되고 채 안정되기도 전에 6·25가 발발했지, 전후에는 4·19에 5·16에 민관군 어느 누구도 문화재 같은 것에 신경 쓸 여유가 없었을 것이다.

70년대 초 내가 중학교를 들어갈 즈음에야 성심여중·고 사거리 방향으로 정문다운 정문이 생기고 담이 정비되었다.

그때 경기전에서 몇 년 전에 죽은 KL이라는 친구와 야밤에 둘이서 맞짱을 뛰게 되었다.

그 친구가 자전거 체인을 숨겨와 휘둘렀는데 내가 막으려다 내 팔에 감겨버렸고 그 친구는 손에 쥐고 있는 반면 나는 내 팔에 감기니 체인을 나에게 빼앗길 수밖에 없었다.

키도 작고 왜소했지만 아구똥한 친구였는데 체인을 빼앗기니 바로 튀고 말았다. 그 뒤로 다시 싸움은 이루어지지 않았지만 성인이 되어서 같은 모임까지 하면서도 사이는 별로 좋지 않았다. 병으로 죽었다는 소식은 사후 몇 개월 뒤에 들었는데 짠~한 마음이 드는 건 인지상정이겠지.

경기전은 그 후로 1990년대 중반 중앙초등학교가 지금의 자리로 옮기면서 학교부지를 몽땅 흡수한 뒤 여러 고증을 통해 불탄 옛 건물들을 복원, 증개축 한 것은 물론 더 확장하여 지금과 같이 뿌듯한 유적지가 되어 한옥마을의 수호신 역할을 하고 있다.

주변에 살이 붙은 현재의 풍남문.

2. 풍남문

1960~70년대의 풍남문은 딸랑 성채 하나뿐이었다. 옆 날개나 앞뒤의 살점도 전혀 없었고 성문으로 리어커나 사람들이 통행도 했었다. 철없던 시절 포장마차에서 얼큰하게 취하면 성곽에 올라가 고성방가에 아래로 소변을 갈기기도 했다.

전동 토박이에 남부시장이 놀던 나와바리니 가능한 일이었다.

코로나 사태가 나기 전에는 매년 12월 31일이면 풍남문에서 시,도 유지들이 참석한 가운데 제야의 행사도 열리곤 했었지. 그런데 풍남문에 대해 예전부터 품어 오던 의문이 있었다.

1960년대. 저 때의 성곽은 달려가서
파파박~~ 집고 뛰면
위까지 올라갈 수 있었다.
뒤쪽으로 오목하게 용머리고개가 보인다.

가령 예를 들어 우리가 중국의 어느 지역을 떠돈다고 가정해보자.

길을 따라 가다보니 멀리 성이 보인다. 가까이 가서 성에 걸린 현판을 보는데 '항주성'이라 쓰여 있는 게 옳을까 '남문'이라 쓰여 있는 게 옳을까? 내 생각엔 항주성이 맞는다고 생각하는데.

동문 서문 등 방위는 성안을 기준으로 정해지는 거 아닌가? 전주 서학동쪽에서 보면 남문이건 동문이건 모두 북쪽에 있고 팔복동 방향에서 보면 북문이나 서문이나 모두 남쪽에 있으니 말이다. 그런데 전주의 풍남문을 보면 옛 사진이나 지금 사진이나 성 밖에서 보면 '풍남문', 성 안에서 보면 '호남제일성'이라고 쓰여 있다.

무슨 특별한 이유가 있는 것일까?

70

1967년 성 밖에서 본 풍남문.
오른쪽의 '태풍거'는 그 당시 유명했던 중국집이다.

성 안쪽에서 본 모습. '호남제일성'이라고 쓰여 있다.

3. 전동성당

1960년대 전후의 전동성당, 좌우에 사제관과 풍남문이 보인다.

2022년 8월 보존수리를 마친 전동성당.
앞쪽 사제관은 성당과 지어진 시기가 거의 비슷하다.

전동성당에 대한 가장 오래된 내 첫 번째 기억은 케네디 대통령 암살 시기와 겹치니까 1963년, 그러니까 초등학교 1학년 아니면 2학년 사이였던 것 같다.

그때 전동성당 피뢰침 설치 공사를 했는데 주변에서 어른들이 수군거렸다.

"지은지 30년이 넘드락 벼락이 한 번도 안 때렸디야"

"긍게 훨씬 낮은 저 회화나무도 맻번이나 맞았다든디"

"하나님이 있기는 있는개벼"

그때는 전동성당 첨탑이 전주에서 제일 높은 건물이었다.

전동성당 안에 친구가 살았었다.

사람들은 친구의 부친을 '복사님'이라 불렀는데 쉽게 말하면 성당 관리인이었다.

그 당시는 성당 종탑에 실제 종이 있었고 정오와 오전 오후 6시(?) 세 번(?) 종을 쳤는데 종치기도 복사님 담당이었다. 친구의 어머님은 상당한 미인에다 대건신협 창립 직원 중 한 명이었는데 대건신협은 팔달로변으로 정문이 나 있었고 본채는 성당 안에 있었다.

두 분은 슬하에 3남4녀를 두고 자식 중 신부님이 나오기를 학수고대했는데 내 친구가 그 소원을 이뤄드렸다.

내 친구와 나는 성당 구석구석을 고망쥐처럼 뒤지고 다녔었다. 박쥐 본다고 먼지가 수북한 성당 천정 서까래를 기어 다녔고 부서진 성모상이나 고상(예수님 매달린 십자가) 등은 아무데나 버리지 못하니 지하 한쪽에 모아놨는데 그게 깜깜한 데서 보면 싸아~ 하고 섬뜩하니 그 맛에 심심하면 들랑거렸다.

성당 제단 뒤에는 신부님이 미사 준비하는 제의방이 있었는데 거기도 몰래 들어가 영성체 할 때 신부님이 신자들 입에 '그리스도의 몸!' 하며 넣어 주던 아무 맛탱가리도 없는 동그랗고 하얀 밀떡을 훔쳐 먹으며 서로 낄낄대기도 했다.

성당의 뒤편에는 수녀원이 있었는데 그 친구는 거기도 프리패스였다. 고2 때였던가? 그 친구가 나에게 고민을 털어놨다.

수녀원의 복희와 장래를 약속했다고… '그게 먼 말이여?'

수녀원에는 우리 또래의 심부름이나 잡일을 하는 여자아이가 있었다.

나는 직접 말은 안 해봤고 오래 성당을 드나들다 보니 낯이 익어 서로 눈인사나 하는 정도였다. 그때 친구 집에는 TV가 없어 수녀원으로 한국과 말레이시아 축구를 보러 갔는데 마침 수녀님들은 한 분도 안 계시고 복희만 있더라고

무심히 이불 속에 발을 넣고 축구를 보는데 복희도 와서 같이 발을 넣고 보더라고 그 후 어찌어찌하다가 장래까지 약속을 하게 되었다고. 그래서 내가 물어봤다.

"했냐?"

"아니"

"키스는?"

"안했어"

"보듬기는 했고?"

"아니"

"뭐여 씨, 그럼 뭘 하다가 왜 약속을 했다는거여!"

"손잡고 복희가 자기 책임질 수 있냐고 하기에 그런다고 했어"

내 입장에서는 도저히 이해 할 수 없었지만 신부가 되려고 마음먹은 그 친구의 소양으로 봐서는 그럴 수도 있겠다는 생각이 들어 다시 물었다.

"그럼 복희 입에서 먼저 그 약속을 취소한다고 하면 되는거여?"

나는 바로 작업에 들어갔다. 그런데 의외로 진도가 빨랐다.

첫 만남에서 영화를 봤는데 홍콩영화로 '소녀' 였다. '소'자가 부를 소 자로 '콜걸', 창녀라는 말이다. 지금의 롯데오피스텔 맞은편에 있었던 제일극장에서 봤는데 제일극장은 1+1으로 두편을 묶어서 상영하던 삼류극장이었다.

그 당시(1970~1975) 전주에는 극장이 7~8 곳이 있었는데 제일극장 바로 옆에 코리아극장이 있었고 지금 고사 CGV 정문 맞은편에 '삼남극장'이 있었는데 나중에 '피카디리' 로 이름이 바뀌었다. 남부시장 성원오피스텔 자리에 '중앙극장'이 있었고 관통로 디쟈트 가구 자리에는 '전주극장', 팔달로 예술회관 맞은편에는 나중에 '아카데미'로 바뀌는 '오스카극장', 중앙시장 부근 라마다 호텔 앞에는 '시민극장', 웨딩거리 가족회관 자리의 '공보관'은 그때 남아 있었는지 없어졌는지 아물아물하다.

암튼 영화를 고르고 골라 '소녀'를 선택했는데 1/3도 채 보지 못하고 서로 합의하에 극장을 나왔다.

첫 만남에 너무 야하기도 했지만 재미도 없었다. 그리고 나는 직접 하는 건 몰라도 남이 하는 걸 보거나 읽는 건 예나 지금이나 끔찍이 싫어한다.

극장을 나온 우리는 헤매다가 결국 성당 사도회 사무실로 갔다.

그때 영화 마지막 프로가 저녁 7~8시에 시작하여 10시경에 끝났으니 시간은 9시 정도나 되었을 것이다. 어떻게 하다 보니 그녀를 내 무릎 위에 앉히게 되었고 이야기 끝에 내 친구는 신부될 몸이니 그와의 약속은 깨고 앞으로는 나와 놀자고 하니 흔쾌히 응낙을 한다.

휴~ 일단 소기의 목적은 달성했네. 그러는 동안 부드러운 여인을 앉힌 내 젊은 아랫도리는 어떠했겠는가. 그야말로 활화산이 되어 부글거리고 그녀 또한 모를 리 없었겠지. 그래서 나는 다음 진도가 쉽게 나갈 줄 알았는데 큰 착각이었다. 가슴을 만지려던 손은 스치기만 하고 제지당했고 키스를 하려하니 손으로 내 입술을 막으며 하는 말이 걸작이었다.

'남자가 여자를 생각하는 것은 한강에 돌 던지기지만 여자가 남자를 대하는 것은 접시 위에 돌 놓기' 라서 여자가 쉽사리 허락하면 안 된다는 것이다. 돌아 까진 것 같기도 하고 아닌 것 같기도 하고.

암튼 그 날은 약속을 깬 것으로 만족해야 했고 무릎에 앉힌 것 더 이상의 발전은 없이 다음을 기약해야 했다.

그런데 의외의 반전이 생긴다.

수녀원의 원장 수녀인 권수녀님이 좀 보자고 기별이 온다. 가슴이 덜컥 내려앉는다.

그 당시 내가 권수녀님에게 테니스를 가르치고는 있었지만 좀 엄하고 원칙적인 스타일이라서 대하기가 어려웠다.

그때 카톨릭교구에서 운영하던 성모병원이 지금 대건신협 옆 남문광장 팔달로 변에 있었는데 권수녀님은 성모병원에서 수간호사로도 근무를 하고 있어서 수간호사 실에서 독대를 했다.

아닌 게 아니라 복희 얘기였다.

수녀님은 모든 걸 세세히 알고 있었다. 무슨 영화를 보다 중간에 나왔는지 사도회 사무실에서 뭘하고 어떤 대화를 나눴는지. 개미 기어간 자리까지 다 알고 있었다.

친구와 복희의 일도 물론 알고 있었다.

그러면서 복희에 대하여 대강 설명을 해 주시는데 어릴 때 수녀원에 데려와서 수녀님들 손에 컸고 공부도 수녀님들이 가르쳤고 밖에는 거의 나가지 않았으니 세상 물정은 TV와 책으로만 접해서 현실감각이 거의 없다는 것이다.

우리와의 일들을 수녀님에게 말할 때도 마치 동화 속에서 일어난 일처럼 신이 나서 이야기하더란다. 그런데 중요한 것은 대화하는 내내 수녀님의 표정과 행동은 평소와 다르게 더없이 부드럽고 온화했다.

수녀님의 시각은 이러했다.

성직자가 되려는 친구를 위해 자신을 희생시키려는 의로움을 나에게서 본 것이다. 친구를 핑계삼아 어떻게 한 번 따먹으려던 탕아의 양두구육이 수녀님 눈에는 왜 안 보인걸까? 내막을 다 알고 그녀에게 농락당한 느낌이 없지 않았으나 그다지 싫지 않았던 해프닝은 그렇게 수녀님의 개입으로 끝났고 그녀와 나는 스치면 목례만 하는 사이에서 미소가 추가되기는 하였으나 더 이상의 대화나 발전은 없었다. 내 친구에게도 수녀님이 무슨 말을 하였겠지만 친구는 나에게 아무 말도 없었고 나도 묻지 않았다.

나중에 카톨릭대도 잘 가고 사제서품도 받았으니 그때 그 짐은 내려놨다고 봐야겠지.

그 일이 있고 난 뒤 권수녀님은 나에게 호의적이었고 나는 성심성의껏 테니스 레슨을 해드렸다.

그 당시 전동성당에는 아스팔트가 깔린 테니스 코트가 한 면 있었는데 할리 오토바이를 타고 다니시던 지금은 작고하신 범신부님이 본당신부였을 때 선친께서 스폰서를 끌어들여 만들었다. 주로 평일 새벽시간

은행나무에서 우측 담까지가 예전의 테니스 코트였다.

에 쳤는데 내가 가르쳤던 분들을 꼽아 보면 나를 중매한 김상희 경찰국장 '부부', 나중에 치안정감으로 승진하여 경찰대학장까지 지냈으며 퇴직 후에는 한국도로교통안전협회 이사장으로 취임했다. 내 장인어른과 고향 친구셨다는데 이사장실에서 각시와 맞선을 봤었다.

그리고 가족들과는 지금까지 인연을 이어오고 있는 귀금속상을 하셨던 작고하신 장사장님, 전신전화국 골목에 있었던 김이비인후과 원장부인, 현재 제주도에 계시는 유명한 인권운동가인 문정현 신부님, 그런데 문신부님은 사흘 정도 해보시더니 당신은 적성에 안 맞는다고 그만 두셨는데 진짜 적성에 안 맞았는지 아니면 아침에 나오는 면면들과 그 분위기가 거슬려서 그랬는지는 모르겠다.

왜냐하면 테니스 치러 나오시는 분들이 경찰국장을 비롯하여 보안대장, 상공회의소회장, 건설협회장 등등 전주에서는 입김이 있는 위치에 있는 만큼 운동과는 상관없이 사업상 청탁이나 인사 청탁, 아니면 하다 못해 눈도장이라도 찍으려고 오는 사람들이 심심찮게 있었기 때문이다. 그리고 아침마다 복식게임 내기를 하여 지금의 경원동 우체국 골목 전주안과자리에 있었던 '설다방'에서 모닝커피를 시켰는데 처음에는 10잔 정도를 시켜 사장 겸 마담이 싸들고 왔는데 그런 객들이 늘어나면서 잔

수도 많아지고 쌍화탕, 티(홍
차에 위스키 한방울 떨어뜨
린 것) 등 종류도 고급화되며
레지도 한 명 따라 왔고 차값
은 객들이 서로 내려고 해서
선수들은 굳이 내기를 안 해
도 되었다.

　모닝커피와 쌍화탕에 달걀
노른자가 들어가니 흰자는
많이 남았는데 그걸 다음날
아침에 지단으로 부쳐왔고 그
것은 항상 내 몫이었다.

　나와 전동성당과의 인연은
이것뿐만이 아니었다.

저 3단 계단이 예전에는 5~6개의 계단으로
성당 앞쪽으로 당겨져 있었고
결혼식 후 계단에서 친구들과 단체 사진을 찍었다.

　그 당시 매년 10월이면 전주 시내에 있었던 전동, 중앙, 서학동, 복자,
노송동, 덕진성당의 6개 본당 학생부 체육대회가 있었는데 중앙성당이
거의 우승을 독차지하였다 한다.

　그때 전동성당 본당 신부님이 나중에 전주교구 부주교까지 지내신 김
환철 스테파노 신부님이었는데 우승 욕구가 아주 강하여 앞에서 말 한
내 친구에게 우리 전동성당이 어떻게 하면 우승할 수 있느냐고 물으셨
단다.

　그 친구는 내가 있으면 가능할 수도 있겠다고 말했다는데 나는 신자
가 아니라서 자격이 없었다. 김신부님은 그 즉시 날더러 세례를 받으라
신다.

"아직 마음의 준비가 안되었습니다"
"준비는 체육대회 끝나고 해"

그래서 나는 부활절도 성탄절도 아닌 9월에 '바오로'라는 세례명으로 영세를 받게 되었다.

어떻게 어떻게 운으로 체육대회 우승은 했지만 '마음의 준비'는 지금까지 못하고 있다.

1985년 2월 3일 나는 전동성당에서 결혼식을 한다.

그 후로 성당과의 인연은 멀어지는데 전동성당도 변해갔다.

팔달로변 담장을 헐고 중앙성당처럼 상가 조성을 하자는 경제논리는 다행히도 막아 현재처럼 보존했지만 성당 내부 바닥재인 미송 등을 뜯어가는 조건으로 무상으로 바닥을 인조대리석으로 교체했는데 고건축 전문가들은 큰 실수였다고 한다. 그 나무 바닥을 없애는 바람에 성당이 온, 습도 조절에 대한 자정 능력을 상실했다고 보는 것이다. 쉽게 말하면 코를 막아버려 입으로만 숨을 쉬게 만들었다는 것이다.

2020년 7월부터 2022년 8월까지 2년 동안 20억을 들인 보전보수 공사도 이 영향이 조금은 있지 않았을까?

일부 신자들만을 위한 테니스 코트나 성당골목에 늘어서 있던 허술한 사택 성격의 특혜 가옥들은 없어져야 당연했지만 한 시절 구석구석 정들었던 기억을 떠올리면 너무 변해버린 성당이 이제 낯설기만 하다.

4. 오목대

어릴 적 오목대는 나무 한 그루 없는 민둥산이었다. 아니 산이라기보다 아담한 동산이란 표현이 맞겠다.

우리가 간혹 놀러 갔던 곳은 오목대 위가 아니라 오목대로 올라가는 들머리였는데 교동파출소 부근의 골목을 끼고 들어가 그 골목의 끝에 있었다.

이러저러한 이유로 파출소라면 쩔리는 때였는데 그 앞을 꼭 통과해야 했다.

우측으로 전동성당 종탑이 보인다.

현재 비슷한 위치에서.

그즈음 나는 관선동 파출소에 통금 위반과 만화방 무단침입으로 잡했다가 감시가 소홀한 틈을 타 튀었던 경험이 있었다. 그런 이유 때문인지 전주시내의 파출소 위치는 다 꿰고 있었다.

교동 파출소는 지금 한옥마을 중앙에 있었고 관선동 파출소는 전주여중 정문 앞, 지금의 남노갈비 본점 사거리 북동쪽 코너에 있었다. 서학동 파출소는 싸전다리를 건너자마자 정면에 있었고 완산동 파출소는 용머리고개 지금의 광명 대장간 근처에 있었다. 다가동 파출소는 청석동 파출소에서 이름이 바뀌어 지금 웨딩거리 전주천 방향으로 끝자락 사거리에 있었다.

고사동 파출소는 중앙시장 성암교회 골목 입구에 있었고, 역전 파출소는 지금 시청 옆 현대해상 자리였고, 가장 고약한 '태파'(태평동 파출소)는 지금 태평동 농협 맞은편 부근에 있었는데 고약한 이유는 바로 옆에 경찰국장 관사가 있어 항상 긴장상태였기 때문일 것이다.

이 밖에도 덕진 쪽이나 외곽에 더 있었겠지만 내가 노는 물에서 벗어나 잘 기억나지 않는다.

아, 제일 중요한 게 빠졌네.

전주경찰서이다. 전주경찰서는 지금 한옥마을 복판에 있는 중앙초등학교 자리에 있었다. 그러니까 경기전 바로 옆이다.

딱 그 즈음에(중2, 1970년) 전주경찰서와의 사연이 하나 생각난다.

그날 응재라는 친구와 늦게까지 놀다가 통금(밤 12시)을 넘겼다.

통행금지에 걸리면 경찰서까지 가야 했는데 한두 번 걸린 것도 아니어서 갔다가 전과도 없고 미성년이면 바로 훈방 조치가 된다는 걸 뻔히 알고 있었다.

지하 대기실에 위반으로 잡혀온 사람들이 20여명이나 있었나?

앗~ 그런데 거기에 우리 학교 영어선생님이 있었다. 키가 작고 안경을 썼으며 평소 조용한 선생님이었다. 그 선생님이 우리를 알아봤는지 아닌지는 지금도 잘 모르겠다.

1시가 가까워지자 당직 경찰이 왔다

"미성년자 이쪽으로 서~"

우리를 포함해서 5~6명이 한 쪽으로 비켜서는데 그 선생님도 우리 쪽으로 슬금슬금 오는 게 아닌가 그러자 경찰이 "얌마~! 니가 미성년이여?" 그러자 그 선생님은 얼른 다시 자리로 돌아갔다.

내 친구와 나는 웃음을 참느라 죽을 뻔했다.

우리는 손등에 패스 도장을 받고 훈방 조치되어 지금은 먼저 저 세상으로 간 김석중이란 친구의 자취방으로 갔다. 그리고 우리는 그 사건을 우리 둘만 알기로 했다. 그 선생님이 너무 좋은 선생님이었거든. 그래서 그 얘기가 퍼지면 놀림감이 될까봐.

파출소 부근의 오목대로 가는 길은 딱히 올라가는 길이 있었던 것도
아니고 약
간 가파른
황톳빛의
빗살 바위
를 1~2미
터 오르면
대여섯 명
이 쭈그리
고 앉아
담배 피울

예전에는 저 가로등 뒤편으로 오르내렸다.

몇십 년 만에 와보니 이런 데크길이
거미줄처럼 잘 나 있네.

만한 공간이 있었다.

그곳을 자주 갔던 것은 아닌데 특별한 기억이 있다.

나는 중2였고 그 당시 '석청'이라는 전주에서 제일 잘나가는 폭력써클이 있었다.

나보다 2년 위인 김종문이란 선배가 있었는데 그 선배가 그 당시 석청의 말단이었다.

우리는 석청에 들어가고 싶다는 말도 안했는데 그 선배는 석청에 들어오려면 신고식을 해야 한다면서 팔을 깨진 병으로 긁든가 아니면 담뱃불로 지지든가 선택을 하라는 것이다.

나는 석청에 들어가고 싶어서가 아니고 그냥 가오로 하고 싶었다. 나는 아직 아물지 않은 담뱃불 자국은 이미 있어서 '불빵'으로 대신했다.

팔에 볼펜으로 죽을 '사'(死)자를 한자로 쓰고 성냥골 끝에서 유황을 떼어내 글자의 획을 따라 늘어놓고 한쪽 가장자리에 담뱃불로 불을 붙였다.

불은 순간적으로 타올랐다 사그라졌지만 내 느낌은 계속 불덩어리가 있었다.

그런데 황당한 것은 알고 보니 그 선배는 신입을 받을 권한이나 자격이 없을 뿐만 아니라 자기 친구들에게도 인정받지 못하는 호구였다. 그 선배는 안타깝게도 20을 갓 넘기고 병으로 요절했다고 들었다.

불빵놓은 글씨 아래 왼쪽 저녁 '석'(夕)자는 획이 촘촘해 나중에 물집

이 가라앉고 상처가 아물었어도 뭉그러져 보였다. 지금 50년이 넘었지
만 아직도 희미하게 흔적이 남아있다.

정상에는 '오목대'라는 새로 만든 누각도 세워져 있다.

5. 한벽당

60년대의 한벽당..

한벽당 현재의 모습.

초딩때는 '햄빌땅', '햄빌땅'이라 부르며 햄빌땅을 가는 목적은 오로지 헤엄이나 멱 감으러 가는 거였다. 한벽당 앞 전주천이 키는 넘지 않는데 방방하게 수량도 많고 널찍하여 물놀이 하기에는 딱 좋았다. 그때는 기린대로가 뚫리기 전이어서 앞을 가로막고 있는 한벽교도 없었고 남원에서 들어오는 국도는 '좁은목'을 지나 지금은 '무형유산원'으로 변한 '임업시험장'을 거쳐 교대 정문 앞, 싸전다리를 건너 시내로 진입했다

현재의 전주천서로나 교대 뒷길은 없었다. 그러니 한벽당에서 바라보는 시야는 탁 트여 있었다. 수려한 전주천 너머로는 남고산이 잡힐 듯 다가왔고 앞쪽으로는 고덕산이 시원스럽게 보였다.

그런데 이 한
벽당이 조선
태종때 지어질
당시는 '월당
루'였다는데 그
뒤 천의 경치
가 벽옥한류로
표현되며 '한벽
당'으로 바뀌었
고 지금 현판
도 한벽당이라
고 쓰여 있다.

지금은 잘 정리된 저 돌 벽 안쪽 어디에 우리의 결의문이 있을 텐데…

내 개인적인 생각으로는 '루'와 '당'의 쓰임새로 보면 누각 자체는 '한 벽루'라 불러야하고, '한벽당'은 누각과 앞쪽 전주천, 뒤 쪽 바위벽 등 주변 모든 것을 아우르는 지칭이어야 할 것 같다.

누각 뒤 쪽 바위벽에는 사연이 있는데 일명 '한벽결의'이다.

중 2때 일이다.

그 당시 제일 친한 친구였던 이응재, 김덕중 그리고 나까지 셋이서 결의형제를 맺었다.

내가 큰형, 응재가 둘째, 덕중이가 막내였다. 생년월일로 따지면 내가 가장 늦는데 큰형이 된 이유는 아마도 담배연기로 달걀이나 도너츠를 제일 잘 만들었기 때문이 아닌가 싶다.

누런 낙엽이 주변에 흩날리고 있었으니 1970년 10월 아니면 11월경 이

전주북중학교 3학년 졸업사진을 찍었을 때인데 나는 사진도
안 찍었을 뿐만 아니라 앨범값을 까먹고 안 내서 앨범도 못 받았다.
점퍼 입은 사람이 담임선생님.
1948 런던올림픽 농구국가대표 가드이던 오수철선생님이다.

같은 위치로 와 보니 이렇게 변해 있다.

었을 것이다.

한 갑에 50원으로 그때 최고 고급인 신탄진 담배를 일부러 사서 한 대씩 태운 다음 담배갑 안쪽에 둘러져 있는 은박지를 꺼내서 내용을 썼다. 썩지 마라고 딴에 선택을 했겠지. 그 당시 '백조'나 '금잔디' 같은 필터가 없는 담배 빼고는 담배갑에 은박지가 다 들어 있었다.

내용은 대강 영원히 우정을 변치 말자는 것이었고 면도칼로 손가락 끝을 그어 피로 지장을 찍었다. 그리고는 '빤닥종이'라고 불렀던 담배갑을 감싸고 있는 비닐로 꼼꼼히 싸서 바위 틈 사이에 깊숙이 갈무리 하고 그 장소를 유심히 기억했다.

그 뒤 몇 년에 걸쳐 한 두 번은 확인했는데 어느 해인가 가봤더니 주변이 완전히 정리되어 기억에 있던 바위는 사라졌고 그 틈새를 찾는 건

불가능했다. 그래서 우리 우정이 금가고 있는지도 모르겠다.

이제 반세기도 지난 사연이 되어버렸다.

전주에 사는 중년 이상의 사람들에게 '한벽당'을 말하면서 첫 번째로 떠오르는 게 뭐냐고 물어보면 90% 이상은 '오모가리'라고 말할 것이다.

오모가리는 원래 '오목아리'일게다. 쪼깐하고 오목한 항아리, 즉 뚝배기를 뜻하는 말인데 여기서는 민물고기에 시래기와 야채 등을 넣고 끓이는 매운탕 이름이 되어버렸다.

중고딩때 주로 선배들과 갔는데 나는 물론이고 선배들도 빈대 시절이었으니 한 번 가려면 큰 맘 먹어야 했다. 그 당시 오모가리가 대, 중, 소가 있었는데 소가 250원, 중짜가 400원, 대가 500원으로 기억하는데 내용물도 불거지, 빠가, 쌀모자 등 자연산 고급 어종이었다.

그런데 이 오모가리를 먹는 방법이 특별했다.

음식이 나오면 들이당창 건더기를 건져 먹으면 안 되고 고명으로 나오는 쑥갓이나 깻잎과 국물만 먹다가 빡빡하게 건더기만 남으면,

"아줌마~! 재탕이요~~"

그러면 육수가 채워지고 고명이 얹혀 처음 나올 때와 똑같이 다시 내온다.

이런 재탕을 최소 3번, 많게는 너댓 번을 시켰다. 우리만 그렇게 먹는 게 아니라 다른 손님들도 한두 번쯤은 재탕을 시켰고 그때 오모가리를 먹는 일반적인 초식이었다.

나중에 직장 다닐 때 오모가리를 먹으러 간 적이 있는데 내 입맛이 변하기도 했겠지만 매운탕에 들어간 물고기 정체를 모르겠고 맛도 전의 맛이 아니었다.

재탕 문화도 사라진 것 같고.

최근 이 글을 쓰려고 가서 메뉴판을 보니 많이 변했다.

쏘가리 탕 120,000원, 빠가탕 100,000원, 피라미 탕 80,000원 등등.

오랜만에 걸어서 와 봤다.

근데 오모가리집이 세 집 밖에 안 남았네? 남양집 간판이 두 개다.

우리가 멱 감으러 다닐 때는 다섯 집이 있었다. 남양집, 김제집, 버들집, 화순집, 한벽집.

김제집이 없어진 것은 오래 전이라 알았고 지금 네 집이 있을 줄 알았는데 '버들집'도 문을 닫았단다. 남양집이 버들집까지 먹었군.

6. 전주향교

향교는 지금도 정이 안 가고 무거운 느낌만 드는데 어릴 때는 더 했다.

향교의 특성상 폐쇄적인데다가 향교지기

전주천변 쪽에서 본 홍살문과 향교.

인 듯한 상투 틀고 곰방대를 든 영감님이 고약했다. 햄빌땅에서 동네친구들과 물놀이를 하고 향교 앞을 지나갈 때면 그리 많이 떠들지 않았는데도 조용히 하라며 곰방대를 휘두르며 눈을 부릅떴다.

우리는 방천길을 따라가면 향교 앞을 거치지 않고도 우리 동네로 갈 수 있지만 일부러 홍살문을 지나 향교 앞으로 갔다. 부근에 영감님이 있으면 조심조심 조용히 지나쳐 사정거리에서 벗어나면 우리는 홀딱 홀딱 뛰면서 "땡감~! 땡감~!" 하고 소리를 질렀다. 영감님의 곰방대 휘두르는 모습을 보고 싶어서 였는데 항상 휘두르지는 않았고 어느 때는 '소 둠벙 보듯' 멍하게 바라보기만 할 때도 있었다. 지금 생각해보면 건강상 어딘가 좀 정상이 아니지 않았나 싶기도 하다.

'땡감'이란 '영감탱이'에서 '감탱'이만 빼와서 거꾸로 써먹은 건데 영감님은 아마 절대 몰랐을 것이다. 그러니 그 시절에는 향교 안에 들어가 본다는 것은 엄두도 내지 못했고 그 뒤로도 갈 기회도 없었거니와 꼭 들어가 보고 싶지도 않았다. 이제라도 한 번 가봐야겠다.

전주향교

1960년대에는 한벽당과 향교 사이의 지금 한벽문화관 자리에 자동차운전면허시험장이 있었고 그 시험장은 나중에 대성동으로 이전을 했다가 지금의 여의동에 자리 잡았다. 시험장이 이전하고는 BBS라는 자동차운전학원이 생겼다가 1970년 중후반쯤 2층짜리 '시민아파트'라는 전주 초기형태의 아파트가 생겼는데 단 한 동에 화장실과 욕실이 각층에 하나씩 밖에 없었다.

7. 학인당

학인당은 사실 앞의 여섯 보물들과 어깨를 나란히 하기에는 한참 부족하지만 '7'자의 구색을 맞추기 위해서 끼워봤다. 하지만 학인당에 대한 내 개인적인 기억은 남다르다.

학인당은 지난날 전주 명사였던 백남혁 씨 소유다. 한

1960년대의 학인당, 좌측 멀리 회화나무가 기세등등하다.

현재의 학인당, 위 사진 속의 회화나무는 건물에 가려 안 보임.

땐 100칸짜리 거옥으로 광복 후 김구 선생 등이 전주에 올 때마다 들르던 명소였다. 1970년대 학인당에는 주인 외에도 4집이 세 들어 살고 있었다. 솟을대문 양쪽으로는 각각 문간채가 있었고 오른쪽 문간채에 여친이 살고 있었다. 홀어머니와 오빠, 남동생 넷이 살았는데 그녀를 불러낼 때면 학인당 문에서 50미터쯤 떨어진 건강탕 사거리에서 "진경아~!

진경아~!" 하고 불렀다.

본래 이름은 달랐는데 암호를 정한거지. 그녀는 전주근영여고로 이름이 바뀌기 전 월성여고를 다녔는데 3학년 때 내 아이를 지웠다.

전북대병원의 전신인 도립병원이 지금 경원동 전북대평생교육원 자리에 있을 때였다. 같은 고3이고 머리를 빡빡 깎은 내가 보호자라고 데리고 가니 의사는 씩 웃으며 신분증 확인절차 같은 것도 필요 없이 차트에 싸인하라고 하더니 두말도 없이 지워줬다.

그때는 그런 시절이었다.

그녀는 나보다 훨씬 먼저 결혼해서 아들을 셋이나 낳았다. 그녀와는 지금도 연락이 된다. 학인당 주인이 '백남혁'씨였다는 것도 다섯 집이 살았다는 것도 이 글을 쓰면서 물어봐서 알았다.

이렇게 '한옥칠경'을 한 번 되새겨 봤다.

<2023. 6. 22.(목)>

성당 대신 벼락을 맞아서인가?
회화나무가 위태롭다. 우리 집이 바로 맞은편이어서
그 거창한 우람한 나무를 늘 무심코 우러렀는데.

06 전주의 사창가

전주에는 두 곳의 사창가가 있었다.

시청 뒤편의 '선미촌'과 남부시장 부근의 '선화촌'인데 이 명칭들은 근래 들어 생겨난 것으로 선미촌을 철거해야 한다는 여론이 높아지면서 지면에 써질 문어체의 필요성 때문에 미화시켜 태어난 이름이다. 우리들(거기를 가 봤거나, 관심이 있는 사람들)은 선미촌은 '뚝너머'나 '후미끼리'(일본말로 건널목), 선화촌은 '개골목'이라 부른다.

'뚝너머'라는 명칭의 유래는 인근에 있는 전주시청 자리가 예전에 전주역 자리였는데 지금의 홈플러스 완산점 앞 큰 사거리에 역으로 진입하는 철도 건널목이 있었고 그 건널목을 건너야 사창가로 갈 수 있었다.

여수, 순천에서 올라오는 전라선 철로는 한벽당 굴을 지나 오목대와 현 한옥마을 뒤편을 거쳐 전주역으로 들어오는데 굴에서부터 한옥마을이 끝나는 곳까지는 지대가 낮아 철도공사를 할 당시 높게 뚝을 쌓아 철길을 만들었는데 그 당시 한옥마을에서 군경묘지가 있는 남노송동을 가려면 철길 밑 굴다리로 통과해야 할 만큼 뚝이 높았다.

지금도 한옥마을에 '굴다리 수퍼'라는 상호가 그 부근에 있다.

그 뚝이 건널목까지 이어지지는 않지만 정확히는 '건널목너머', '역너머'라고 해야 될 사창가가 '뚝너머'로 굳혀진 것이다.

술찌개미가 나왔을 것으로 짐작되는 곳에서 본 개골목(2023. 2. 19.)

별 것도 아닌 보통명사가 사람들이 입에 올리기 꺼려하는 고유명사가 되어버린 것이다.

'개골목'은 이런저런 설이 있지만 내가 믿고 싶은 설은 개골목 바로 옆에 있는 코오롱상가 자리가 예전에 오성소주라는 주조장이 있었는데 술을 빚고 나면 나오는 술찌개미를 개골목 방향으로 버렸다고 한다. 없이 살던 시절 그걸 주어 먹으려고 넝마주이나 거지들이 찌개미 버리는 시간이 되면 골목길에 개떼같이 모여 기다렸다고 해서 '개골목'이라 했다고 한다.

어쨌든 개골목이라는 명칭은 사창가가 형성되기 이전부터 사용했었다.

그런데 서두에 왜 '두 곳의 사창가가 있었다'라고 과거형으로 썼냐면 2021년 12월 31일 현재로 뚝너머의 창녀촌은 사라졌다.

전주시청과 길 하나를 사이에 두고 마주하고 있어서 몇 십 년 전부터 존치여부에 대한 갈등이 끊이지 않았지만 2004년인가? 성매매방지법이 시행되면서 단속이 강력해진

전주시에서 뚝너머 말살정책으로 처음 시도했던 게 쇼윈도우를 가리기 위한 가로수 심기와 대형 화단 배치하기였다.

후에도 뚝너머는 끈질기고 화려하게 살아남아 왔었다. 하지만 전주한옥마을이 뜨면서 관광객들이 폭발적으로 늘자 한옥마을에서 그리 멀지 않은 뚝너머가 외지인에게 노출되기 시작하고 전주시 이미지 문제가 대외적으로 제기됨에 따라 시와 시민단체들은 더 이상 소극적으로만 대처해서는 안 되겠다는 결론에 다다르게 되었고 2015년경부터는 적극적

그리고 예술촌으로 탈바꿈시키려는 시민단체의 노력도 끈질겼다.(2023. 1. 11.)

으로 당근(철거보상금)과 채찍(불법영업에 대한 벌금 및 과태료)을 병용하며 밀어붙인 결과 한 집 두 집 무너져갔고 결정적으로 코로나 유행과 맞물리면서 골목 안쪽에서 끝끝내 버티던 몇 집도 마침내 손을 들고 말았다.

코로나가 최고조로 창궐하던 2021년 말, 아쉽게도 뚝너머의 사창가는 단 한 집도 남지 않고 사라져버렸다.

나는 1970년 중2, 14살에 뚝너머에서 동정을 잃었다. 뭐 잃었다기보다 갖다 바쳤다고 해야 맞겠다. 나는 입버릇처럼 동네 4년 선배들에게 반강제적으로 끌려가 당했다고 말은 하지만 내가 정말로 가기 싫어 완강하게 거절했다면 그래도 가능했을까?

처음 간 날 선배 한 명이 지금은 이름도 얼굴도 전혀 기억나지 않는 여자에게 말했다.

"야 아다라시니까 확실하게 따먹어!"

그러면서 여자와 같이 키득거렸지만 별로 굴욕적이지도 않았고 실전에서는 처음이지만 리드 당하지도 않았다.

나중에 그 선배가 입대하고 휴가 나왔을 때 나는 고딩이었는데 청출어람을 뛰어넘어 거의 뚝너머 박사가 되어 선배를 안내했다.

중3때는 학교 서쪽 담을 넘어 10여 미터의 골목을 지나면 바로 뚝너머가 나왔는데 점심시간이면 담을 넘어서 후다닥 다녀와서 아직 채 쪼그라지지 않고 번질거리는 걸 친구들에게 보여주며 자랑스럽게 추태를 부린 적도 있었다.

또 그 즈음 선친의 카메라 아사히 펜탁스를 훔쳐 화대를 내기 위해 뚝너머 복판에 있는 중앙전당포에 잡힌 게 아니고 아예 팔아먹기도 했다. 하필 그 안에 막내동생 돌사진 필름이 들어 있어서 지금은 중년이 된 막내는 돌사진이 없다.

 그 시기 화대는 숏타임은 300원, 긴밤은 1,500원이었던 걸로 기억하는데 긴밤의 특징은 성행위와 숙박이 아가씨 개인방에서 이루어진다는 것이다.

 아가씨들은 자기가 소속된 여인숙이나 하숙집에 각자의 방이 있어 거기서 기거를 하였다.

 대부분 비키니 옷장과 앉은뱅이 화장대, 한쪽엔 요가 깔려 있었다.

 긴밤이래봐야 밤새 내내 같이 있는 게 아니고 일단 아가씨방에서 한 번 하고 나면 혼자 방을 지키고 있고 아가씨는 밤새 숏방을 다니며 영업을 한다.

 설사 손님이 없어도 자기 방에는 들어오지 않고 주인 방이나 다른데서 놀다가 손님이 거의 끊어지는 새벽 4~5시가 되어서야 기어들어온다. 그러면 그때부터 아침에 나갈 때까지 잘하면 두 번 그렇지 않으면 한 번 정도 더 할 수 있는 게 고작이다. 그럼에도 불구하고 5배나 더 지불하고 긴밤을 선택하는 이유는 숏방에는 없는 가구들과 곯콤하지만 향긋한 싸구려 분 냄새 풍기는 방이 여자 없는 남자들에게는 비록 하룻밤이지만 살림이라도 차린 듯한 기분을 맛보게 해주기 때문일 것이다.

 나는 긴밤을 선호하지 않았지만 하게 되면 원칙이 있었다.

 나이가 많거나 못생긴 여자를 긴밤 파트너로 선택했다. 둘 다면 더욱 좋고. 왜냐하면 인기가 없는 여자들은 손님이 많지 않으니 같이 있는 시간도 길었고 또 서비스와 친절도가 높을 뿐만 아니라 오랜 시간 그런 생활을 해왔기 때문에 성병이 있다 해도 만성화가 되어 전염 확률이 낮았다.

 그 당시는 보건증 같은 건 아예 없었고 콘돔 사용도 잘 안 해서 성병을 많이들 걸렸거든.

앞서 내가 뚝너머 박사라 했는데 그중에 성병에도 일가견이 있다.

나는 성병을 많이도 걸려봤다. 심지어 거의 여성들만 걸리는 '트리코모나스'라는 것도 걸려봤으니.

처음 걸렸던 게 급성요도염이었는데 팬티에 누런 농이 묻어나오고 소변을 볼 때는 마치 불덩어리가 뚫고 나오는 듯한 통증에 두 손을 벽에 대고 온 몸에 힘을 주고 참으며 싸야했다. 오줌 싸기가 두려워 물도 안 마셨다. 그래서 찾은 병원이 지금의 일품향 맞은편에 덕수의원이었다. 키가 작고 머리가 벗어진 원장님이었는데 그 당시 교도소 담당 보건의 사였다.

증세를 듣더니 손가락 굵기의 쇠젓가락을 다짜고짜 요도에 찔러 넣고 끝을 나보고 잡고 있으라더니 고무장갑 낀 두 손바닥으로 내 꼬추를 사정없이 비벼대는 게 아닌가! 요도에 잡혀있는 고름주머니가 터져라 이거지. 그런데 이 무지막지한 통증도 다음에 올 날카로운 통증에 비하면 아무것도 아니었다.

쇠대롱을 뺀 다음 주사바늘을 제거한 통통한 주사기에 소독약인 듯한 액체를 가득 담더니 요도에 꽂고 왼손으로는 귀두 끝을 야무지게 움켜쥐더니 소독약을 밀어 넣고는 주사기는 빼고 왼손은 움켜 쥔 상태에서 앞으로 잡아당기면서 오른손으로는 자루를 잡고 딸딸이 치 듯 앞뒤로 마구 훑어대는 것이었다.

아~~~! 다시 생각하기가 끔찍하다. 그런 무식한 치료법은 그게 마지막이었다.

나중에 알고 보니 어차피 완치는 약으로 되는 거니 그렇게까지 악랄하게 할 필요가 없었다.

사실 성병이 '매독', '임질', '곤지름', 이렇게 똑 떨어지는 이름이면 거의가 특효약이 있어 치료가 어렵지 않다.

내가 처음 걸렸던 급성요도염 같은 것도 농을 채취하여 포도상구균을 추출해서 하루 정도 배양한 뒤 A군 항생제 B군, C군 등 투여해봐서 듣는 약으로 처방해서 주사 맞고 약 먹으면 딱 하루만에 거짓말처럼 농이 멎는다.

그렇게 멈췄다 해도 검사해서 균이 나오지 않을 때까지 최소 5일 이상 약을 먹어줘야지, 증세가 멈췄다고 2~3일 만에 술을 먹거나 해서 재발을 하게 되면 이제 그 약에는 내성이 생겨 안 들을 확률이 높다. 내가 한참 성병에 걸릴 당시 늘 하던 말이 있었다

"성병 이거 감기만도 못해". 사실 그랬다. 병원가기가 쪽팔리고 거역스러워서 그렇지 전문 비뇨기과를 가면 거의 직방이었다. 그런데 문제는 잡균류 성병에 걸리는 것인데 예를 들어 '비임균성요도염', 이렇게 '비'자가 들어가면 골치 아프다. 일단 일정 균을 추출하여 배양하는 게 어렵기 때문에 A군 약을 2~3일 써보고 안되면 B로 바꾸고. 이렇게 막고 품는 식으로 치료해야 하는데 재수가 좋아 몇 번 바꾸지 않고 맞는 약을 찾으면 다행이지만 대부분 이런 균들은 이 놈 저 년 몸들을 옮겨 다니며 이 약 저 약에 내성이 생겨 완치가 쉽지 않다.

그런데 다행(?)이라면 다행이랄 것이 이런 병들은 증세가 심하지 않다.

소변 볼 때 통증도 아침 첫 오줌 첫 방울이 밀려 나올 때만 좀 쎄~~! 하고 농도 나오는 듯 마는 듯 좀 근질거릴 뿐이다.

몸 컨디션이 좋으면 일주일이고 열흘이고 전혀 증상이 없을 때도 있다. 일상생활 하는데도 별 불편함이 없다. 만성화되고 있다는 거지. 내가 '비임균성요도염'에 걸렸을 때 카톨릭센터 부근에 있는 이국재비뇨

기과를 다녔다.

거의 보름을 다니면서 사흘 주사 맞고 검사하고 약 바꾸고를 되풀이 했는데 말수가 아예 없는 원장은 연신 머리만 갸웃거렸다. 보름동안 전혀 차도가 없자 원장은 일주일 떼고 다시 오란다. 어찌나 반갑던지. 왜냐하면 보름 동안 매일 그 독한 항생제를 맞아대니 양쪽 엉덩이가 독덩어리 같이 깡치가 박혀 죽을 지경이었거든.

일주일 후 원장은 메모지에 '트로비신'이라 써주며 그 부근 영광약국에 가서 사오란다.

그때는 처방전이 필요 없을 때였다. 지금 영광약국은 대학병원 앞에 있지만 그 당시는 지금의 '한국전통문화전당' 맞은편에 있었다.

약국에 물어보니 트로비신이 임질 특효약으로 강력하단다. 하루 한 방씩 5일을 맞았다. 결론적으로 트로비신도 효과가 없었다.

나는 그 즈음 거의 포기했었다 그냥 그렇게 달고 살아야겠다고. 트로비신이 나가리가 되고 다시 일주일을 쉬고 병원을 찾았다.

원장은 그날 최고로 많은 말을 했다.

"이 약을 써보는데 이것도 듣지 않으면 나로서는 방법이 없네요". 그러면서 쪽지에 '세파트릭스'라고 써준다.

'세파트릭스', '트로비신' (이 이름들이 확실히 맞는지는 모르겠다. 까맣게 잊고 있었는데 어떻게 생각이 났는지 신기하네) 영광약국에 쪽지를 건네니 3세대 신약이라면서 이틀 후에나 오란다.

근데 가격이 장난이 아니다.

정확히 기억은 안 나지만 하루 분 주사 한 방 가격이 뚝너머 긴밤 값과 맞먹었다

세파트릭스 첫 주사를 맞은 다음날 바로 느낌이 왔다. 성병은 맞는 약

이 들어오면 다음날 즉시 효과가 나타나거든. 3일을 맞고 검사해보니(검사라는 게 무슨 균을 보는 게 아니고 백혈구 시체 수를 세는 것임) 정상 수치가 나오니 안심해도 된단다.

휴~~ 그래도 안전하게 이틀 정도 주사를 더 맞았다. 그리고 5일 정도 지나서 한 번 와 보란다. 5일 후 검사를 해보더니 이제 병원에 안 와도 된다고. 그 이후 나는 방어책을 마련해야 했다. 그래서 시도한 것이 성행위 전후에 '마이신안연고'를 요도에 짜 넣고 소독을 하는 것이다.

근데 왜 하필 '마이신안연고'일까? 이것에 대한 내 일리 있는 궤변은 이렇다.

무식하게 예를 들어, 제약회사에서 항생제를 만드는데 약 재료를 선풍기 바람에 부친다 하자. 입자가 굵은 것은 앞쪽에 떨어질 것이고 미세한 것은 멀리 갈 것이다. 이걸 세 구간으로 나눠서 가장 굵은 부분은 먹는 약으로, 중간 부분은 주사약으로, 입자가 제일 미세한 것은 안약을 만든다는 거지.

왜 미세한 것으로 안약을 만드느냐 하면 눈은 핏줄이 바깥으로 노출되어 있어 예민하니까 부작용도 없어야 하고 흡수도 빨라야 하는 만큼 미세한 게 필요하다는 얘기다.

우연인지 모르겠지만 내가 마이신안연고를 예방약으로 사용한 후에는 성병에 걸리지 않았다.

그런데 다시 잘 생각해보니 그 후로는 뚝너머를 잘 가지 않았네.

내 뚝너머 단골집은 '월촌집'과 '전능집' 두 곳이 있었는데 고2 때인가? 가출을 해서 열흘 정도를 전능집에서 돈 없이 숙식하며 지낸 적도 있었다.

그때의 뚝너머는 최근 없어지기 직전의 쇼윈도우에 야한 옷을 입고

뚝너머 골목 안 쪽으로는 거의 대부분이 이렇게 비어 있다
(2023. 1. 11.)

스스로를 전시하는 컨셉이 아니었고 길거리에 나와 자기들이 호객행위를 하였다.

한참 성행했던 1990년대에는 90여 업소에 아가씨는 수는 100명에 육박했다고 한다.

이제 그 아가씨들은 단란주점으로, 안마시술소로, 모텔 콜걸 등으로 스며들었고 2023년 현재 뚝너머 자리는 거의 70~80%가 용도를 찾지 못하고 텅 빈 채 휘황찬란했던 그 시절을 그리워하고 있다.

내가 개골목을 처음이자 마지막으로 딱 한 번 가본 게 고딩 때였다. 몇 학년인가는 기억이 없고 토요일이나 일요일 오후였던 것 같다. 자전거를 타고 남부시장 방천길을 따라 갔는데 처음 가보는 거지만 뚝너머를 자주 다닐 때라서 별 거리낌이 없었다.

화대가 얼마였는지 상대가 어땠는지는 전혀 생각이 나지 않고 다만 가기 전에 집에서 마스터베이션을 한번 하고 갔다. 허무하게 너무 빨리 사정해 버릴까 봐.

개골목은 지금도 활발하게 성업 중이다

(앞으로 지칭하는 '아가씨'는 업소여자라는 뜻이다. 실제는 중년이상의 아줌마들이다)

뚝너머는 아가씨들 연령이 20~30대인데 반해 개골목은 40대 이상이고 드나드는 손님층도 개골목은 최

서천교 부근에서 본 개골목 (2023. 2. 2. 밤 10:30경)

소 50대 이상이고 화대도 없어질 당시 뚝너머는 8만원인데 개골목은 3만원으로 레벨이 완전히 달라서 뚝너머가 없어짐으로 인한 풍선효과도 누리지 못했다. 코로나의 한파는 똑같이 겪었지만 2023년 3월 현재로 개골목엔 38개 업소에 76명의 아가씨들이 등록되어 있는데 잘 버는 상위 클래스 몇몇은 한달 수입이 천만 원이 넘는다고 하니 매일 15명 이상의 손님을 받아야 된다는 계산이 나온다.

아가씨들의 수익구조를 보면 일단 화대가 3만원인데 업소와 반반씩 나눠야하니 한 번 손님을 받는데 15,000원 수입이라는 얘기다. 하루에 20명을 받으면서 하루도 쉬지 않아야 한 달에 900만원이다. 그러니 천만원대 수입을 올리려면 '철궁'이 아니고서는 기본화대로는 어림도 없다. 그래서 가장 일반적으로 시도하는 게 "입으로 한번 해줄게 목욕비나 좀 줄래요?" 그러라고 하면 만원이 추가되는데 거의 모든 손님이 거절하지 않는다고. 막상 행위는 10~20초간 흉내만 낸다. 그리고 보통은 아가씨들이 하의만 벗는데 홀라당 다 벗어주는데 또 만원 추가. 심지어 코로나 시절에는 마스크 벗어주는데도 만원을 요구했단다.

그런데 제일 중요한 게 시간 타임이다. 기본 3만원은 한 타임으로 15분이다.

예전에는 '끝났다'라는 의미는 시간이 얼마가 걸리든 '싸야' 끝나는 인간미 있는 한 판이었지만 지금 여기는 넣든 못 넣든, 싸든 못 싸든 15분이 지나면 끝난다.

그러니 술 한 잔 먹고 기분 내려면 2~3타임(6~9만원)은 예사로 끊어야 한다.

타임으로 끊는 건 업소와 반반씩 나눠야 하고 타임내에서 서비스로 받는 것은 아가씨 몫이다.

업소마다 한 명 이상 씩 종업원들이 있어 호객 행위를 하고 있다(2023. 3. 15.)

지금 당장 개골목에 가보면 낮이건 밤이건 여자들이 출입구나 앞에서 얼쩡거리고 있다.

실제 아가씨들과 비슷한 연령대이지만 그녀들은 아가씨가 아니고 호객과 안내를 하는 종업원이다. 아가씨들은 절대 나오면 안 된다. 이것은 업주들을 위한 불문율인데 가령 예를 들면 내가 '한양여인숙'에서 '춘자'를 만났는데 너무 맘에 든다. 그래서 '춘자'를 만나려고 또 '한양'으로 간다. 그런데 가다보니 '명동여인숙' 앞에 춘자가 노닥거리고 있는게 아닌가.

'어, '명동'에서 춘자를 불러도 되는군' 이렇게 손님이 생각하게 해서는 안 되는 것이다.

물론 개골목 내부 시스템상으로는 38개업소에서 76명 중 누구를 불러도 상관없지만 '한양'에서 춘자를 찾아야 그 손님이 한양 단골이 되고 설사 춘자가 부재중이라 해도 한양에서는 절대 그 손님을 놓칠 리 없다.

"아이고, 오늘 춘자가 집에 일이 있어 못 나왔는데 훨씬 더 좋은 시악시로 불러줄께요"

개골목 아가씨의 99%는 강원, 충청 등 외지인들이다. 그러니 이런 눈치 저런 눈치 안 보고 악착같이 버는 것이다. 그런데 아가씨들이 그렇게 각박한 것만은 아니다. '확대기'라는 기구를 저마다 가지고 다니며 서지 않을 경우 그 기구를 사용하여 서비스로 세워준단다.

꼬추에 끼워 진공 펌프하는 원리인데 술 취해서 안 서는 50~60대나 기력이 떨어져 안 서는 70~80대나 일단은 선단다.

그 물리적으로 세운 것이 삽입이나 될지, 삽입이 되었다 한들 몇쪼금이나 갈까마는 아무 것도 안 되어도 15분만 지나면 화대를 공 먹는 것

에 대한 아가씨들의 최소한의 면피양심 아닐까? 나야 지금도 '실데나필'과 '카버젝트'로 무장하고 상시 전투 준비중이지만.

2023년 1월 어느 날 남부시장 임실식당에서의 대화내용이다.

"아따 형님은 뭐가 그렇게 궁금허요?"(선화촌 회장·사진 가운데)

"한번 가보고는 싶은데 용기가 안 나니 그냥 물어보기라도 하는 거지"(나)

"걱정말고 와요 내가 기가맥힌 놈으로 하나 너줄랑게"

"어이, 제수씨도 늘 왔다 갔다 하는데 들키기라도 하면 먼 쪽인가"

"참내 긍게 누가 우리집서 한대요? 저 안창으로 들어가야지요"

"알았어, 생각해 볼게"

말은 그렇게 했지만 10대 때는 마스터베이션을 하고 갔지만 지금은 마스터베이션을 하고 말지, 안 가고 싶다.

개골목 회장의 역할은 업소마다 매달 일정 금액 회비를 받아 보건소나 경찰 등 대외적인 섭외도 맡고 술 취해서 시비 붙는 진상 손님들 처리와 아가씨들을 총체적으로 관리한다.

"에이씨 우리 업소들은 공식적으로 인정도 안 해주면서 14, 15일에 아가씨들 보건증 검사는 왜 까락까락 허는지 모르것어"('선화촌' 회장)

지금도 개골목은 70~80대들이 의외로 많이 간다. 그렇다면 단순히 몸만을 팔고 사는 것을 뛰어넘어 뭔가 찐덕거리는 괘미나 묘한 스릴이 숨어 있는지도 모를 일이다.

<2023. 3. 23>

07 전주 건달이야기

‘건달’과 ‘깡패’는 사전적 의미도 다르지만 정서적 느낌도 다르다.

‘건달’은 어쩐지 정도 있고 유하면서도 느린, 그래서 좀 무능한 듯한 느낌이 든다면 ‘깡패’는 문득 의리가 떠오르면서도 예민하고 무경우한 행위와 언행 등이 그려진다.

내 개인적인 생각으로는 인간이 젊었을 때는 진취적이다가 나이가 들수록 안정적인 성향으로 변하듯이 한창 때의 깡패가 나이가 들면 건달로 변하는 것이 아닐까? 그래서 ‘건달’ 하면 넓은 뜻으로 ‘깡패’도 포함될 수 있으니 제목을 ‘건달이야기’로 해본다.

나는 철없던 학창시절 친구들이나 선배들과 어울려 싸움질도 하고 건들거리고 다닌 적이 있기는 하지만 건달도 깡패도 아니다. 그런데 굳이 이런 이야기를 쓰려고 하는 이유는 무슨 거창한 조직의 비사나 특종 같은 숨은 진실을 알고 있어서가 아니고 ‘전주 막걸리이야기’나 ‘전주콩나물국밥이야기’처럼 그 시절 전주 사람이라면 누구나 한번쯤은 들었음직한 그저 그런 ‘뒷골목’ 이야기를 재미 반 호기심 반으로 모아 본 것이다.

그러다 보니 전주 원조 건달형님들이 도움을 주셨고 ‘북중·전고 100년사’를 편집한 친구의 자료도 받고 여러 선배, 친구들에게 정보를 얻어

어릴 적부터 귀동냥한 기억들을 합쳐 정리를 해봤다.

 내가 간접적이지만 처음 그런 세계에 접했던 시기는 중 1학년 때였다.
 우리 집 바깥채 3층 건물의 1층에 30세 전후의 '신택' 이라는 분이 세
들어 왔는데 부인과 2~3살 정도 되는 수연이라는 딸, 세 식구였다. 조그
맣게 슈퍼를 열었는데 가게는 주로 부인이 봤고 '신택'은 늘 밖으로 나돌
았다. 나를 이뻐해서 장기도 그분에게 배웠으며 나를 데리고 남부시장
나들이를 가끔 했는데 가는 곳은 항상 정해져 있었다.
 싸전다리를 건너기 전 우측 방천가로 들어서면 야구선수 김봉연의
아버지가 운영 및 상여대장을 맡고있는 상여집이 크게 있었고 그 앞을
지나 시장통으로 이어지는 골목으로 들어서서 두 어 경로의 미로를 지
나면 담도 문도 없지만 처마와 토방이 있는 방 두 칸짜리 하꼬방이 나
온다. 그곳이 목적지였다.
 언제나 비슷한 광경이었는데 문 앞 토방에는 온갖 신발들이 널브러져
있었고 한 무리의 사람들이 신발들은 한쪽으로 밀쳐 놓은 채 뜯어 펼친
가마니를 깔고 윷판을 벌리고 있었다.
 윷 노는 선수가 양쪽 두 명씩 네 명, 말 쓰면서 돈 걸고 회계까지 보는
심판 한 명, 구경꾼 같지만 '쑥구'(판돈 내고 내기 참가하는 행위) 들어
간 사람들이 서 너 명, 항상 십여 명 가까이 모여 있었다.
 그런데 여기 윷판은 다른 데하고 분위기가 달랐다.
 우리 집 옆 공터에 건영정기화물이 세 들어 있었는데 그 당시는 화물
용달차가 없고 장거리 대형 화물트럭만 있던 시절이라 트럭이 도착하면
모든 짐을 구루마꾼들이 승하차는 물론 일일히 시내 각지로 실어 날랐
다. 그래서 항시 구루마꾼들이 10~15명 정도는 대기하고 있었는데 화

물이 없을 때는 윷판이 벌어졌다.

그 윷판은 시끌벅적했다.

"석으로 묶어서 개로 꾸부려!"

"아녀, 한 사리면 석이 계속 쫓낑게 둑은 모로 도망가고 개는 새로 달어!"

"먼소리여, 저짝은 어채피 막이라 사리 나오면 잽히든 안잽히든 우리가 져"

반면 시장 윷판은 조용했다. 말은 말꾼이 거의 알아서 썼고 선수가 원하면 원하는 대로 바꿔 써줬다.

또 하나 다른 점은 구루마꾼 윷판에서는 기술 윷을 놀았다.

윷을 손가락과 직각으로 올려놓는 '일자윷', 손가락과 나란히 놓는 '복자윷', 윷을 깍쟁이에 가지런히 올려놓고 던지는 '깍쟁이윷' 등을 저마다 째를 내며 던졌다.

나도 일자윷에 꽂혀 집에 이불 깔아 놓고 연습 꽤나 했었는데… 윷은 탱자나무 윷이 최고였다. 질기고 가볍지도 않으면서 탄력이 있고 무엇보다 손때가 묻어 길이 나면 보기가 좋았다.

시장 윷판에서도 탱자나무 윷을 사용했는데 시장에서는 기술 윷은 금지되어 있었다.

깍쟁이에 윷을 담고 손바닥 위에 엎어 놓은 다음 다시 뒤집어 바닥에 탁탁~ 2번 이상을 두드려 깍쟁이 안의 윷을 흩트려 놓고 던져야 했다. 그런데 꾼들은 몇 번을 두드리건 어드레스 순간에는 윷이 손바닥 위에 기술 윷의 형태로 자리를 잡는다고 한다.

깍쟁이는 자전거 요비링 뚜껑을 돌려 빼서 가운데 볼트 축을 제거하고 사용하였는데 나중에 스텐 간장종지가 나오고부터는 힘들여 요비링 뚜껑을 구할 필요가 없게 되었다.

'신택'씨는 내가 정기화물 윷판을 자주 기웃거리고 관심이 있는 걸 알기 때문에 윷판에 나를 맡겨두고 당신은 방으로 들어간다.

열린 문으로 언뜻 보이는 방 안 광경은 자욱한 담배연기에 사람들이 꽉 들어차 있었다. 화투판이 두세 판 벌어지고 있는데 "한 장 더!" 라는 소리와 '삐리칠'이니 '쭉쭉팔'이니 하는 용어가 들리는 것으로 봐서 한쪽에서는 '쬬이'('섯다'와 비슷한데 쬬이는 패가 나쁘면 한 장 더 받을 수 있다) 판과 다른 쪽에서는 '지꼬땡' 판이 벌어지고 있는 것 같았다.

신택씨는 방에 들어간 지 10여분 만에 나와 옆방으로 다시 들어가 비슷하게 머물다 나왔다. 마지막으로 윷판 꽁지에게도 돈을 받아 넣고 손바닥만 한 잭기장에 기입을 하고 나에게 가자며 하우스를 나왔다. 자릿값인지 돈을 대주고 이자를 받는 건지 아니면 둘 다인지는 모르지만 거의 매일 수금을 하는 것 같았다. 나야 서너 번 따라가 본 게 전부였다.

먼 훗날 들은 말로는 남부시장에 그런 판을 3개 정도 벌린 오야지는 '신택'보다 5~6년 선배인 '한점쇠'(2024년 현재 90세 가까운 80대 후반으로 생존 중)라는 분으로 사원잼이(쓰리꾼) 대장이었다. 그러니까 '신택'은 그 세 곳 중 한 곳을 관리한 모양이다.

어느 날 하우스를 나와 집으로 돌아오는 길에 동양당약방 사거리에서 있었던 일이다.

넝마주이 세 명이 비리비리한 40대 한 명을 삥을 뜯는지 괴롭히고 있었다.

그걸 본 신택씨는 "이노무 새끼들 머하는 짓이여"하며 세 명을 싸잡아 밀어버리니 넝마걸망을 진 채 모두 뒤로 벌러덩 넘어진다. 그들은 신택씨를 이미 아는지 슬슬 피해 버렸다.

이때의 광경이 어린 나를 뭉클하게 하였으며 어쩌면 이 사건으로 내 무의식에 ‘건달’, ‘정의’, ‘멋’이 뒤섞여 각인되었는지도 모른다.

신택씨는 원래 35사단 헌병대에 근무하며 탈영병 검거가 주 임무였는데 만기 제대 후 남부시장으로 흘러 들어왔다. 그 시절은 군인들이 판치던 시절이라서 비록 제대는 했지만 건달세계에서도 퇴직헌병이라는 프리미엄은 있었을 것이다.

나는 그 뒤로는 신택씨를 한 번도 못 봤지만 선배들과의 대화에서 ‘택이 형’, ‘택이 형’ 하다보니 내 입에서도 스스럼없이 ‘택이 형’이 자연스러워졌다.

최근 어느 선배 말을 들으니 완전 사기꾼 같은 폐인이 되어 평화동 경로당을 전전한다는데 조만간 수소문해서 찾아봐야겠다.

2024년 현재 84세쯤 되었나? 나와 16년 차이는 나지만 “택이 형님 저 알아보시겠습니까?”하고 여쭤봐야겠다.

나를 ‘신택’에게 연결시켜준 사람은 ‘공선행’으로 선행 형님은 ‘신택’ 직계 5년 아래고 나보다는 10년 선배인 1946년생이다. 남부시장에서 한 시대를 풍미한 건달로 이미 돌아가신 부친을 또 돌아가셨다고 조의금을 걷는 등 사소한(?) 몇 가지만 제외하면 꽤 괜찮은 건달이었다.

원래는 두 분을 모시고 같이 식사라도 하려했는데 두 분이 다퉜다고 한다.

다툰 이유는 가보시키(더치페이)로 점심을 먹었는데 택이 형님은 만 원을 줬다하고 선행 형님은 안 받았다고 서로 우기다가,

“에이, 형 안 만날라요”

"그려 고만 만나자!"

그러고는 안 본지가 5~6개월 되었다고.

선행 형님에게 전화번호를 받아서 직접 연락을 했다. 50년도 더 지나 처음으로 하는 통화이다. 호칭이 애매하다.

"신택 아저씨 되시죠? 저 기억 하실지 모르겠네요. 예전에 건영정기 화물 옆에 사실 때 안집에 살던 양동주라고 합니다". 대답하시는 게 기억을 하시는지 못하시는지 애매하다.

암튼 어찌어찌 장승백이 전북은행 앞에서 11시 30분에 약속을 했다.

예전에 비해 너무 초라해 보이지만 첫눈에도 알아볼 만큼 옛 모습 그대로였다. 나를 몰라보기는 커녕 선친과 형 안부도 묻고 반가운 표정이 역력했다.

전화통화 때 애매한 대답은 알고 보니 귀가 잘 안 들렸기 때문이었다.

'신택' 아저씨라 해야 할지,
형님이라 해야 할지.
술은 안 드시니 가끔 만나
식사라도 해야겠다.

택이형님과 연결 시켜준 선행형님,
각각 따로 만났는데 대화를 해보니
내가 중계를 하면
다시 두 분이 만날 것 같다.
조만간 자리를 만들어야겠다.

내가 말 할 때는 내 입을 유심히 보고서야 내 말을 정확히 알아들었다.

연와미당에서 갈비탕을 시켰는데 굶은 사람처럼 너무 정신없이 드시는 걸 보니 좀 서글펐다.

60년대와 70년대 초반의 전주에는 여러 부류의 범죄를 내재한 그늘진 취약층이 있었다.

건달과 노름꾼들이야 고금을 막론하고 존재해 왔을 터고 '사원잽이'가 있었다. 쉽게 말하면 쓰리꾼(소매치기)이다.

남부시장과 중앙시장에 각각 조직이 있었는데 남부시장은 앞서 말한 '한점쇠'라는 분이 오야지였고 중앙시장은 모닥모닥 몇 패거리들이 있었는데 본거지가 중앙시장이지, 활동 무대는 남부시장을 제외한 전주 전역이었다. 심지어 장날이면 봉동까지도 원정을 나갔다.

나는 가출해서 돈 떨어지면 중앙시장의 말단 오야지 '단옥'이라는 사람밑으로 들어가 '바람잽이'로 활동을 하며 숙식을 해결했는데 바람잡이는 선수가 작업을 하는데 반드시 필요하며 타킷의 관심을 딴 데로 돌리게 하는 역할을 하는 바람잡이와 타깃과 선수의 사이에 막아서서 제3자의 시야를 가리는 바람잡이가 있다.

나야 물론 초자라 후자에 속했다. 단옥이 밑에는 2명의 선수와 4~5명의 바람잡이가 있었는데 내가 자유롭게 그 팀에 드나들 수 있었던 이유는 선수 중 한 명이 '김홍덕'이라고, 나와는 어릴 적부터 친한 동네 친구였기 때문이다.

홍덕이는 전주에서는 보기 드문 사원잽이 '오대'였다. 쉽게 말하면 쓰리꾼 특급 에이스라는 말이다. 그 친구 덕분에 나는 많이 봐줬다.

나중에는 다음 이야기에서 나오는 이유로 다시는 그 팀에 들어 갈 수 없었다. 이 사원잽이 이야기를 다 하려면 한참을 벗어나야 하니 이만 줄

여야겠다. 홍덕이는 나이 30을 못 넘기고 죽었다.

'사원잽이' 외에 '넝마주이'가 있었다.

전주천 남천교 다리 밑에 진을 치고 있었는데 고물, 폐지뿐만 아니라 널어놓은 빨래나 신발 등 눈에 띠면 긴 꼬챙이나 집게로 닥치는대로 등에 지고 다니는 둥근 걸망에 던져 넣었다.

그러니 본업이 고물수집이라기보다 온갖 것을 호시탐탐 노리는 좀도둑 집단이었다.

하지만 그 세력이 상당하여 남부시장 주변에서는 무시할 수 없었다.

남천교에 넝마주이가 있었다면 서천교 다리 밑에는 땅꾼을 겸한 거지들이 진을 치고 있었다.

나무와 망으로 4~5층 선반을 만들어 놓은 칸칸마다 뱀들이 우글거렸다.

남천교, 서천교와는 다르게 시장다리 매곡교는 요지였다. 각지에서 온 약장수들로 북적였고 잊을만하면 서커스단이 들어왔고 판소리 무대도 수시로 설치되었다.

많은 명창들이 무대에 섰고 국악인 오갑순도 이 무대를 거쳐 갔다. 그만큼 남부시장의 상권이 활발했는데 1950~60년대 이 매곡교 부근에서 약이나 약초를 팔려면 '강용덕', '강인권'(짱골목 '금일옥' 여주인의 오라버니들) 형제의 허락을 얻어야 했다. 시내 세력이나 인근 남부배차장, 남부시장의 영역과는 별개로 매곡교 위, 아래의 약초관련 영업권한은 그들이 독점하고 있었다.

거래규모가 큰 만큼 그의 영향력은 시내를 포함한 힘 균형의 한 축을 차지하고 있었다.

이렇게 여러 층이 어렵고 치열하게 사는 가운데 뚜룩질과 동냥질하는 넝마주이, 거지들 말고 또 하나의 혐오 집단이 있었는데 바로 '상이 군인'들이다.

지금이야 '국가유공자'네, '보훈대상자'네 하며 최고의 대우를 받지만 그 당시는 기피 대상이었다. 의수 대신 손목에 갈구리를 끼고 다니며 아무 가게나 들어가 갈구리부터 철그렁 올려놓는다. 말은 한 푼 보태 달라지만 안 주면 깽판이라도 부릴 분위기다.

주인 입장에서도 "없어요, 가요" 하기 보다는 "오늘은 개시도 못 했네요 다음에 오시지요" 라고 사정조로 거절해야했다.

그런데 그때는 왜 그리 갈고리 손이 많았는지 지금 생각해보면 절반 이상은 가짜가 아니었나 싶다.

이렇게 전후의 피폐해진 사회는 여러 어려운 계층을 만들었는데 선배 건달들은 말한다.

'우리 전주 건달은 아무리 궁해도 다른 밥그릇은 되도록 안 건드렸어.'

나는 중1학년 2학기 때 처음 가출을 했고 중2 때부터는 밥 먹듯이 나갔다.

처음에는 주로 친구 자취방에서 신세를 졌지만 나중에는 싸구려 무허가 여인숙을 찾아다녔다.

추운 겨울이면 마지못해 이용했던 곳이 남부시장 안에 있었는데 30~40명을 한 방에 몰아 넣고 1인당 5원을 받았다. 그때 분식집에서 라면을 끓여주고 15원(계란 넣으면 17원) 받을 때니까 5원이면 싸긴 싼데 베개도 이불도 없고 무엇보다도 냄새가 지독했다.

자는 사람 대부분은 시골에서 장에 뭘 팔러왔다가 막차를 놓친 경우였다.

그 즈음, 그러니까 1970년 12월 초쯤인가?

선친께서 응접실로 불러 가보니 어느 남자가 앉아있는데 차갑다는 느낌만 있었을 뿐 별다른 특징은 없었고 선친께서 뭐라 소개했는지 기억나지 않지만 나를 그 사람에게 하루 동안 맡겼다는 것만 확실하다.

그 사람을 따라 밖으로 나갔는데 집 앞에 그야말로 하얀 찚차가 있었다. 쉽게 말해 '백차'다.

백차에 나를 태우고 맨 먼저 간 곳이 남부배차장 대합실이었다.

대합실 구석에 허리를 굽히고 들어가야 하는 쪽문을 두드리니 안에서 문을 열어준다.

안에는 딱 봐도 깡패 같은 험상궂은 7~8명이 모여 있었다. 우리가 들어가자 같이 간 사람에게 모두 깍듯이 인사를 한다.

그 사람은 그들에게 단호한 어조로 말했다.

"느그들 야 잘 봐둬(나를 가리키며) 야가 양동주라는 놈인데 앞으로 밤늦게 돌아 댕기거나 집 나와서 헤매면 잡아서 반쯤 죽여놔라"

나 들으라는 말이겠지.

나도 딴에는 속이 뇔뇔한 놈인데 겁먹겠어? 하지만 말 한 사람 체면이 있으니 겉으로는 바싹 쫄은 채 웅크렸다.

그리고 그 말은 협박보다는 보호의 느낌이 들었다. 그날 그 사람이 말한 후로 어떻게 중앙시장까지 흘러들어 갔는지는 모르겠지만 앞에서 이야기 했던 중앙시장 소매치기 팀인 '단옥이'파에 다시는 들어가지 못하게 되었다.

남부배차장에서 나온 우리는 곧장 전남 광주로 향했다. 아마 그 사람이 광주에 볼 일이 있었을 것이다. 차 안에서 설교하는 듯한 말을 계속했는데 무슨 얘기였는지는 기억나지 않는다. 정읍을 지나 장성 어디쯤인가?

갑자기 차를 세운 그 사람은 차 다시방에서 권총을 꺼내더니 날더러 내리란다(우이씨, 쏘옴허네).

겨울 논바닥은 군데군데 녹다 만 잔설이 남아있고 논 가운데는 나락 털고 난 짚더미가 수북이 쌓여있었는데 주변에 산비둘기 떼가 앉아 있었다.

그 사람은 나에게 권총을 쥐어주며 산비둘기를 겨냥해 쏴 보란다.

나는 입이 헤 벌어졌다. 아까 남부배차장서는 채찍을 주더니 이제 당근을 주는건가? 흥분도 되고 긴장도 되었는데 총소리는 의외로 싱거웠다.

'띠옹~~~' 하지만 비둘기들이 놀라 날아가기엔 충분했다.

비둘기를 잡았을 리는 만무하고 나중에 돌이켜보니 그 권총은 살상용이라기보다 의전용에 가까웠다.

암튼 그 사건으로 그 사람을 좋아하게는 되었지만 가출을 그만두거나 교화되지는 않았다. 그 뒤로 몇 번 더 봤는데 가출했다가 그 사람 손바닥을 벗어나지 못하고 뒷덜미를 잡힌 상황이 대부분이었다.

그 사람은 선친의 심복으로 당시 전주 보안대 현역 중사 '신동기'라는 사람인데 12·12사태 때 전두환 편에 서서 육본 침입하는데 홈통 타고 올라간 것으로 유명하다.

들리는 말로는 전역하고 김포세관에 있다가 지금은 제주도에 정착하여 잘 살고 있다고 한다.

신동기씨는 건달도 아닌 현역 군인 신분인데 전주 3대파의 하나인 남부배차장파를 쥐락펴락 했다는 것은 아무리 군사정권이라고 해도 보안대란 특수성이 아니었으면 불가능한 일이었을 것이다.

이렇게 나는 일찍부터 굳이 까치발을 하지 않고도 그런 세계를 쉽게

엿볼 수 있었다.

선친께서는 어떻게든 나를 정상적인 학생으로 돌려놓기 위한 노력이었겠으나 신동기씨를 만나게 한 것은 결과적으로 득보다 실이 많은 한 수였다.

내가 '전주 건달이야기'에 대한 정보를 유일하게 활자로 받은 건 '북중·전고 100년사'를 편집한 친구에게서다. 100년사 자료를 수집하다 찾았다는데 하나의 사건이었기에 그리 많은 내용은 아니었으나 내가 알고 있던 그 어떤 것보다 더 오래되고, 짧지만 신문에 기사화가 되었다는 점에서 의미가 있었으며 한 갑자가 훌쩍 넘은 현재와는 동떨어진 이야기 같았지만 다행히도 우리 세대와 연결 고리가 있어 가치가 있다고 느꼈다.

그 내용을 요약해 봤다.

'1957년 12월 19일 완산칠봉 투구봉에서 전주의 시내 깡패들과 전주 학생연합 어깨들이 집단 패싸움을 벌였다. 깡패들은 이정재가 조직한 화랑동지회 전북지회 소속이었는데 평소 그 세를 믿고 시내 상가나 극장가를 돌며 상납을 요구하고 남녀고교생들을 괴롭히는 등 횡포를 일삼자 보다 못한 학생들이 나선 것이다. 각 학교의 한다 하는 써클인 전고의 '죽순', 신흥고 '피라밋', 농고의 '백마', 전주사범의 '백운크럽'이 연합하여 붙게 되었는데 투구봉 위에서는 깡패 70여명이 진을 치고 있었고 아래에서는 학생 200여 명이 치고 올라가는 상황이었다. 깡패들은 올라오는 학생들에게 일본도를 휘두르고 권총을 쏘아제키자 학생들은 찔리고 다치면서 혈투를 벌였지만 승부는 쉽사리 나지 않았다. 그러던 중 급보를 접한 학교측과 경찰들이 출동하여 공포탄을 쏘며 올라와 가까스로 진압하였다.

양력 1957. 11. 21. 전북일보 기사

진압 후 깡패 27명과 각 학교 학생대표 1명씩 4명을 체포하였고 이 사건은 지역 신문인 전북일보는 물론 동아일보 등 중앙지에도 실렸다.'

대강 이런 내용이었다. 앞서 내가 현재와 연결 고리라는 말을 썼는데 이 싸움에 직접 가담을 했는지(정황상 가담을 안 했을 확률이 크다) 모르겠지만 본문에 전고의 어깨 '이승완'(전주 원조 건달)이란 이름이 나온다.

'본문'이란 친구에게 받은 카피본인데 '북중·전고 100년사' 편집을 위한 자료인 만큼 전고에 대한 부분은 비교적 소상히 나와 있다.

투구봉 싸움에서 전고 가담자들은 대부분 35회인데 '이승완' 역시 35회이다(졸업은 36회로 했음). 싸움에 가담한 다른 학교 학생들의 이름도 여러 명 거론되어 있지만 이승완씨를 제외하고는 전주 건달사에 직접적으로 연관된 사람은 없는 것으로 보인다.

그리고 투구봉 사건의 전말은 상당 부분이 싸움에 참가했던 학생 일부의 회고록에서 인용한 듯 많은 주석이 달려있었는데 그 내용 중에 내가 선배 건달분들이나 최근에 만난 선배에게 들은 것과는 상당히 다른 내용이 있어 짚어 봐야겠다.

이야기에 앞서 연대 기준점을 잡아야겠다. '선배' '35회' 등으로 쓰다 보니 막연하고 전고 횟수를 모르면 연배 짐작이 안 되니.

내가 1956년생, 전고 기수로 따지면 52회, 2024년 현재 69세이니 여기를 기준으로 삼자.

가령 전고 35회면 17년 선배에 39년생, 85세이다.

주석으로 달린 회고록의 한 부분이다.

"이 싸움에 화랑동지회 하부조직 중 가장 큰 전고의 '피아골'은 같은 학생들끼리 싸울 수 없다며 동참하지 않았어요"

얼핏 들으면 마치 피아골을 옹호나 하는 것처럼 보일 수 있지만 이 내용을 알기 쉽게 다시 설명하면,

'이 싸움은 화랑동지회 깡패들의 횡포 때문에 벌어진 건데 피아골은 화랑동지회 소속이라 가담을 할 경우 깡패 편에 서야 하는데 그렇게 되면 같은 학생들과 대결을 해야 하니 빠졌어요.' 이런 말이다.

이 회고를 한 사람은 전고 출신은 아니다.

7년 선배인 1949년생(본인은 호적이 잘못 되었다고 1947년생이라고 주장함) 원로 건달 이존방 형님은 여기에 대해 이렇게 말한다.

"전주는 이정재 끗나팔이고 화랑동지고 그런 거 없었어! 선배 몇몇이 이정재 랑 한솥밥 먹었다고 거들먹거리고 댕기긴 힜는디 누가 먹어주기나 힜간디?"

다른 대선배들에게도 물어봤지만 이정재나 화랑동지회의 전주 흔적은 아는 사람이 없었다. 그래서 이번에는 투구봉 사건의 주역들과 같이 학교를 다닌 전고 37회 김석근 선배님과 자리를 같이 했다.

“피아골이 화랑동지회라고? 난 못 들어 봤는디? 그때 ‘피아골’, ‘죽순’, ‘카디날스’, 세 개의 써클이 있었는디 피아골이 제일 쎘어. 죽순이나 카디날스는 한수 아래였지. 카디날스는 미국 야구 크럽에서 따 온 이름이라지 아마? 피아골에서 한 두 명이 빠져나가 딴 짓을 했는가는 몰라도 원래 피아골은 단순한 폭력 써클이 아니었어. 우리보다 4~5년 선배 주먹들이 결성을 했는디 그 당시 학교 주변에 불량배들이 등하교 때면 삥 뜯고 괴롭히고 교내는 교내대로 소소한 폭력이 판을 쳐 면학 분위기가 영 아닌거여! 그래서 그 선배들이 교장실로 찾아가 물팍 꿇고 그렸디야. ‘우리는 어사히 공부는 틀렸으니 친구들이 공부 할 수 있도록 돕고 싶습니다. 묵인해 주십시오.’ 그때 배운석 교장선생님이었는디 고민고민 하다가 조건을 걸고 응락을 해줬는디 그 조건이라는 것이 ‘너희 기수에 한해서 눈감아 줄테니 후배는 절대 뽑지 말고 너희 기수 일회성으로 끝내라!’ 였다는 거여!

우리도 전해들은 거라 어디까지가 사실인지는 모르것지만 실제 그 시기의 31횐가 32회가 서울대와 연고대, 사관학교를 젤 많이 들어갔을걸? 글고 그 1대 기수들은 교장과의 약속을 지켰지만 후배들이 가만 있것어? 대를 잇는다고 나섰것지. 그 이후로는 좀 변질되었것지만 ‘피아골’은 그런 내력이 있어 아참, 투구봉 표지판에 쌈판 벌어진 내용 써있어. 가봐”

15년 위인 김석근 선배님.

그 선배님 역시 피아골과 화랑동지

124

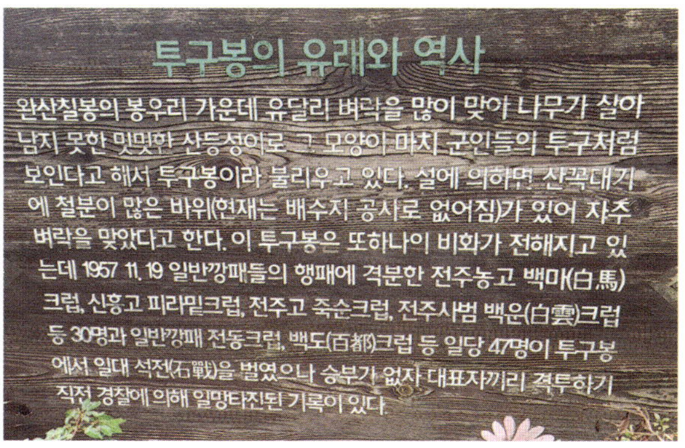

투구봉의 푯말.

1957. 11. 19. 일반 깡패들의 행패에 격분한 전주농고 백마크럽, 신흥고 피라밑, 전주고 죽순크럽, 전주사범 백운크럽 등 30명과 일반깡패 전동크럽, 백도크럽 등 일당 47명이 투구봉에서 일대 석전(石戰)을 벌였으나 승부가 없자 대표자끼리 격투하기 직전 경찰에 의해 일망타진된 기록이 있다.

회가 연결되어 있다는 것에 대해 은연중 불편해 하셨다. 하긴 범생이였던 선배님이 폭력세계에 대해 자세한 걸 모를 수도 있었으리라.

37회 선배님과 만난 다음날 바로 투구봉으로 향했다. 투구봉에 '동학혁명기념관'이 크게 들어서서 표지판이 없어지지 않았을까? 걱정을 했는데 의외로 금방 찾았다.

투구봉 표지판에 쓰여 있는 사건의 전문이다.

표지판 내용에서도 화랑동지회를 연상시킬 내용은 없다.

화랑동지회에 자꾸 집착하는 이유는 아무리 건달세계라 할지라도 지역적 자존심이 있기 때문이다.

당시만 해도 전주는 전국에서 6~7대 도시에 들 만큼 시세가 있었는데 이정재 졸개들이 중심가를 휘젓고 다니도록 놔뒀겠는가.

회고담과 표지판 내용을 비교해 보면 여러 부분에서 온도차가 크다는 것을 알 수 있다.

우선 동원된 인원부터 차이가 난다. 회고담에서는 양쪽 모두 합치면 300명에 육박 하지만 표지판 내용에서는 100명도 채 안 된다. 학생측 가담 학교와 크럽들은 일치하는데 깡패 크럽은 표지판에 구체적으로 명기되어 있다. '전동크럽'과 '백도크럽', 이 대목이 의미가 있는게 전동파면 남부시장과 배차장이 주 무대일거고 지금의 예술회관 맞은편에 백도극장이 있었으니 백도크럽의 근거지는 거기였을 것이다.

그렇다면 중앙동과 역전의 오거리가 빠져있는데 전주의 정통이 가담하지 않았다는 얘기가 된다. 물론 남부배차장을 무시할 수는 없지만 중앙동에 비하면 무게감이 훨씬 떨어진다고 봐야한다.

또 확연히 비교가 되는 게 대결의 형태이다.

회고담에는 권총과 일본도가 등장하지만 표지판에는 담담하게 '석전'(石戰)이라 쓰여 있다. 그리고 '승부가 없자 대표자끼리 결투'라는 문구도 있다.

내 개인적인 생각으로는 표지판 내용이 그 시절 '대결의 정서'였을 것이다.

1950~60년대 싸움에서는 연장이 거의 없었다.

맨 몸으로 맞짱을 잘 떠야 알아주는 시대였으니 그 세계에서는 나름 그게 명예였을 것이다.

회고담과 표지판에서 날짜가 12월 19일과 11월 19일로 서로 다른 것은 어느 한쪽이 오타로 그리 중요한 것은 아니겠고, 회고담에 보면 '동아일보 등 중앙지에도 크게 보도되었다'라고 나오는데 내가 1957년 11월 19일부터 12월 31일까지 그 당시 존재했던 조선, 동아, 경향신문에 '전주', '투구봉', '깡패', '패싸움'을 넣어 검색해 봤지만 나오는 게 없었고 11. 19. ~ 11. 23, 12. 19. ~ 12. 23일자는 전 4면을(경향은 2면짜리도 있었음) 꼼꼼히 훑어 봤지만 역시 그런 기사는 없었다(네이버 '뉴스라이브러리').

전북일보를 봐도 2단 기사에 30포인트 정도 제목이면 기자들 용어로 '배꼽빡스' 범주를 크게 벗어나지 않았으니 그 당시 신문 면수가 적었다는 것을 감안하고라도 전주에서조차 거창하게 이슈가 된 사건은 아닌 것 같다.

이리저리 이것저것 알아보고 난 후 나의 생각은 회고담 자체가 사건 당시에 기록된 게 아니고 세월이 흘러 가담 학생들이 사회에 진출해서 무용담처럼 회상한 거라서 좀 부풀려지고 과장된 것이 아닐까? 라고 조심스레 짐작해 본다.

나는 1960년대 초중반에 중앙초등학교 저학년이었다.

등하교 때는 전동성당과 성심여중고 사이에 있는 성당골목으로 다녔는데 골목 중간쯤부터 오른쪽으로(등교 방향) 높게 성심학교 담벼락이 시작되었다. 누군가가 그 담벼락에 거칠고 뭉텅하게 낙서를 해놨는데 페인트는 귀했던 시절이라 아마 '아브라'(아스팔트 작업과정에서 나오는 끈적끈적한 검은 액체)였을 것이다.

'8240', '판토마', '황금박쥐'가 경쟁적으로 크기를 자랑하며 쓰여 있었는데 모두 논두렁 패거리들의 뽀시락 장난 같은 거였다.

'8240'은 인천상륙작전 때 전초부대였던 한국군 켈로부대 명칭이고 '판토마'는 64년에 개봉한 프랑스 범죄영화 제목인데 마지막 장면이 비행체 꽁무니에서 배기가스가 THE END를 하늘에 쓰면서 끝나는 것으로 기억한다. '8240'이나 '판토마'는 근거지가 어딘지 알 수가 없고 '황금박쥐'만 교대부근 서학동 패거리였다.

이렇듯 1950~60년대에는 변두리에 잔챙이들이 난립했지만 전주를 잡고있는 그룹은 '중앙동', '남부배차장', '오거리' 3대 파였다. 굳이 우열을 가리자면 본정통에 자리를 잡은 중앙동이 가장 무게가 있다고 봐야 한다.

우리 세대(1940~50년대생)에서 대표 원조 전주건달을 꼽으라 하면 '양구'(1939년생, 본명 양성순)라는 데에 별 이견이 없을 것이다.

덩치도 크고 잘생긴데다가 무엇보다 맞짱을 잘 떴다. 그런데 소속은 남부배차장이었는데 그렇게 중앙동으로 진출을 하려해도 결국은 하지 못했다.

앞서서 이야기 했던 전고 35회 '이승완'도 졸업 후 오거리 소속이었는데 그도 역시 중앙동을 넘보지 못하고 오거리에 있다가 서울 충무로로 혈혈단신으로 올라가 맞짱으로 단계 단계 무너뜨려 충무로를 접수했다. 그만큼 전주 중앙동의 아성은 절대적이었다.

중앙동에도 여러 인물이 있었지만 무엇보다도 경제적으로 탄탄한 것이 큰 무기였을 것이다. 그때의 중앙동은 지금의 슬림해진 웨딩거리가 아니고 관통도로(충경로)가 뚫리기 전이었으니 현재 일품향 부근과 '짱골목'(전주극장골목)을 다 포함하고 있었다.

'양구'씨를 잠시 거론하자면 그 당시 남고산 자락에 샌드백과 역기를 비치해 두고 몸을 단련했는가 하면 무엇보다 이재에 밝았던 것 같다.

1958년에 '인생원'이란 피란민 등을 구호, 수용하는 시설이 완산교 부근에 설립되었는데 그 시설운영에 관여하며 이권을 챙겼다 한다.

'인생원'은 그 뒤로 '사랑의집'으로 이름이 바뀌어 현재(2024년)까지도 호성동 차량등록사업소 부근에서 천주교 재단이 운영하고 있다.

양구씨는 그 후 전주고등학교 앞에 '서울(?)체육사'라는 운동구점을 차리고 각 학교에 납품하는 등 활발하게 경제활동을 했다.

일설에 의하면 전두환 시절에는 전경환 측에서 활동을 하다가 1990년초 전경환이 구속되자 한 동안 도미했다가 귀국했으며 현재는 국내에 생존해 있는 걸로 알고 있다.

한편, 전고를 1년 늦게 36회로 졸업한 '이승완'은 시내 오거리에 자리를 잡는다.

1964년 상경해서 충무로를 접수해 전주 건달로는 최초로 전국구에 이름을 올리고, 나중에 태권도계의 대부로 협회장까지 역임하지만 전주에 있었던 4~5년 동안 그 역시 중앙동으로는 진출하지 못했다.

('이승완'이 서울에 올라가 홀로서기를 할 수 있었던 것은 물론 본인의 능력도 있었겠지만 건달이나 깡패는 아니지만 1960~70년대 김대중, 김영삼과 어깨를 나란히 한 소석 이철승이란 전주 출신의 거물 정치인이 뒷 배경에 입김으로 작용하고 있었다)

전주 대표 건달 '양구'도 전국구 건달 '이승완'도 넘보지 못한 중앙동에는 과연 누가 있었을까?

비슷한 연배의 '이대수'나 '이철희' 등 쟁쟁한 인물들이 있었기는 하지만 그들이 막강해서 넘보지 못했다기보다 대략 세 가지 이유 때문에 중앙동이 지켜졌다고 봐야한다.

첫 번째는 그들이 중앙동에 살고 있는 토박이라는 점이고 둘째는 너나 나나 다 어렵던 시절 재력이 탄탄했다는데 이 두 가지로 미루어 보면 그 시절 중앙동에 살면서 재력이 있다면 친일의 후예일 가능성이 크고 그렇다면 경찰과의 관계가 매끄러운 잇점도 있었을 것이다.

세 번째는 '양구'나 '이승완'이 중앙동에 무혈입성이나 한다면 모를까 특별히 먹잘 것이나 이권이 있는 것도 아닌데 낮이나 내자고 '양반 건달' 사회인 전주 바닥에 평지풍파를 일으킬 이유가 없었을 것이다. 그래서 양구씨는 이권이 있는 '인생원' 같은 곳을 파고들었고 이승완씨는 큰물을 택해 서울로 향한 것이다.

60년대 초중반은 '중앙동', '남부배차장', '오거리'를 주축으로 변두리는 군소 동네 불량배들이 난립해 있었다고 보면 되겠다.

60년대 후반에는 '석청'과 '나바론'이 태동한다.

(앞으로 표기되는 생년과 나이는 시내 계보를 기준으로 적용해서 실제와는 다를 수 있음)

석청은 동문사거리를 거점으로 전고 45회 (49년생) '문대현'과 친구 몇몇이 만들었는데 북중, 전고 출신만 가입할 수 있었다. '문대현'은 창립캡틴이었지만 재학생 때 만들어 놓고 졸업 후에는 시내로 나오지 않았다. 초창기 때 미원탑 사거리(현 팔달로 기업은행 사거리)를 경계로 동쪽 동문사거리 방향은 '석청'이, 서쪽 웨딩거리 쪽은 신흥고의 '파도'

23. 8. 20. 초밥장이에서 존방 형님과.
(24. 11. 2. 지병으로 작고)

가 진을 치고 수시로 충돌했는데 신흥의 '파도'는 몇 년 지나지 않아 파도처럼 흩어져 석청과 나바론 등으로 흡수되었다.

'나바론'은 코리아 극장(현 고사 CGV 부근) 주변을 본거지 삼아 역시 1960년대 후반에 '복영모'를 필두로 '이존방'과 '김준곤'이 주축이 되어 양산박 두령 숫자를 본따 108명으로 발족하였다.

존방 형님은 나보다 7년 선배로(49년생) 이 이야기를 쓰는데 많은 정보를 주셨다.

석청과 나바론이 양립한 가운데 진안사거리의 '빨간마후라', 경원동의 '오뚜기' 그리고 'TNT', '먹구름' 등등이 각자의 구역에서 목소리를 내고 있었고 또 한진고속(현 전주행정고시학원 부근)에서 암표를 팔면서 활동을 하고 있던 그룹이 있었는데 한진고속이 없어지자 '타워파'라는 이름으로 전북일보 스카이라운지로 거점을 옮겼다. 현재 스카이라운지는 없어졌지만 타워파의 명맥은 이어져오고 있는 것으로 알고 있다. 그 당시는 석청이나 나바론의 세가 제일 크기는 했지만 그렇다고 진안사거리나 중앙시장 등 남의 구역에서는 함부로 활동하지 못했다.

앞서 '석청'의 구성원은 모두 전고 출신이라 했는데 그 원칙은 3~4년 후인 1970년대에 들어와 깨진다. 특별한 이유가 있었던 것은 아니고 '이동관'이란 사람이 임명중학교를 나와 고등학교는 진학하지 않았는데 석청의 근거지인 동문사거리에 살았다는 이유로 석청에서 받아준 것이다. 동관 형님은 나와 모임도 오래 했고 한때 절친하게 지냈는데 작년(2023년) 10월에 지병으로 돌아가셨다.

사실 '이동관'이란 인물 한 사람만 가지고도 건달세계의 책 한 권이 너끈히 나오고도 남을 정도니 잠시 동관형님을 짚고 넘어 가야겠다.

'이동관'은 1952년생으로 나보다는 4년 선배이다.

처음에는 나바론에 소속되었다가 석청으로 옮겨왔다. 그래서 그랬는지 1972년도 석청과 나바론의 집단 패싸움에 주동자가 된다.

양쪽에서 40여명이 동원되어 다가산 밑에서 벌어진 전주에서는 보기드믄 패싸움이었는데 나바론의 '엄재용'(2021년 지병으로 사망)은 왼손에 낫을 움켜잡고 놓치지 않으려고 고무줄로 칭칭 감았던 걸로 유명하다.

싸움의 발단은 이랬다.

그 당시 여름이면 양쪽 모두 변산 해수욕장에서 누가 먼저랄 것 없이 진을 치고 터를 잡아 온여름을 보냈다.

'이가풍'(석청, 54년생) 같은 경우는 해마다 술장사를 해서 수입이 짭짤했다.

여름이 끝나갈 무렵 8월 중순이면 철수를 했는데 전주로 돌아와서는 뒤풀이를 했다.

장소는 시내와 멀지 않으면서도 외지고 사람 왕래가 거의 없는 태극산

(현 기전대 뒷산)에서 주로 했는데 그 해에는 공교롭게도 겹치게 된다.

나바론이 먼저 와서 판을 벌리고 있는데 석청이 나중에 올라오면서 서로 충돌이 일어났다.

변산에서는 서로 눈에 거슬려도 타지이기 때문에 암묵적으로 부딪히지 않고 잘 넘겼는데 전주로 돌아와서 터진 것이다. 이때 석청의 '양남석'(53년생, 당시 18세)이 나바론의 '김철석'(53년생)

남부시장에서 자주 만나는 인철 형님.

에게 등에서 옆구리에 걸쳐 칼에 찔리면서 다가산 다구리(패싸움)의 도화선이 된다.

이 사건으로 사망자는 없었지만 다수의 중경상자가 발생했고 석청에서는 1명, 나바론에서는 6명이 구속되었다. 이 싸움의 주동자와 도발자는 석청의 '이동관', 나바론의 '엄재용'인데 나바론에서는 엄재용 외 5명이 구속된 반면 석청은 '장인철' 혼자만 구속되었다.

인철 형은 어렸을 때부터 친한 동네 형으로 현재도 가끔 만나 한잔하는 사이다.

인철 형 혼자 구속된 이유는 스스로 주모자라고 독박을 써버렸기 때문이다.

그때 구속된 인철 형은 교도소 안에서 상체에 온통 문신을 하게 되는데 출소 후 결혼 적령기가 되어서는 이런 몸으로 어떻게 자식과 목욕을 할 수 있겠냐며 병원에서 지우는 시술을 받았다. 그런데 제대로 지워지지 않고 화상 입은 것처럼 얼룩져서 여름이면 런닝 차림을 못 한다.

'이동관', '장인철', '엄재용'은 친구뻘이며 그 싸움은 승자도 패자도 없었다.

당시의 그들의 나이는 모두 19살이었다.

'이동관' 시기 이후로 '석청'은 전고파에서 비전고파로 체질이 바뀌면서 폭력성이 강해진다.

그 증거로 이전의 전고파 석청 멤버들은 폭력전과가 거의 없지만 이후의 비전고파는 대부분 전과이력이 있다.

물론 '이동관'이 싸움 한 번 주도했다고 해서 조직을 대표 할 수는 없고 비전고파에는 그 외에도 1년 선배이면서 초기 멤버인 '김진성', 또다른 보스급인 '이안석' 등 유명한 여러 인물들이 전반적으로 조직에 영향을 줬지만 훗날 행적의 무게를 고려해서 '이동관' 위주로 전개하는 것이다.

그 패싸움이 있고 3~4년 후 '이동관'은 2년 후배인 '길정원'(2018년 지병으로 사망)을 데리고 상경하여 강남의 리버사이드 호텔에 둥지를 틀고 활동을 하게 되는데 세를 불리는 과정에서 여러 세력들과 충돌하면서 결국 서울구치소에 수감이 되었고 그 때의 사건으로 전국구에 이름을 올리게 된다.

그 당시 같은 팀에는 나중에 정치깡패로 이름을 날린 '용팔이'(본명 김용남)도 있었다.

이들이 손쉽게 서울에서 자리를 잡을 수 있었던 이유는 깡이나 운도 있었겠으나 이미 원로로 자리를 잡고 있었던 '이승완'의 속셈이 있었다고도 한다.

‘이동관’은 출소 후 서울 생활을 청산하고 전주로 돌아와 극장 사업을 하게 되는데 이때가 1980년대 초반으로 갓 30을 넘긴 나이였다.

일찍 이재에 눈을 뜬 그는 짧은 시간에 많은 돈을 벌게 된다.

CGV 등 대형 브랜드가 생기기 전인 1980~90년대에 명절 즈음이면 하루에 마포대 자루로 2~3개씩 돈을 눌러 담았다고 한다.

‘이동관’의 황금기는 1990년대 후반부터였다.

정치인인 ‘정동영’이 정계에 입문하던 1996년에 특별한 만남이 이루어지는데, ‘정동영’과 ‘이동관’은 전주초등학교 56회 동창이다. 그 당시 KBS에서 방영되던 ‘TV는 사랑을 싣고’라는 사람찾기 프로그램에서 둘이 만나게 된다.

한 사람은 서울대를 나와 언론인으로 성공한 뒤 정계에 입문한 상태고 또 한 사람은 고등학교도 변변히 못 나오고 주먹세계에 몸담고 있다가 사업가로 변신했는데 초등학교 졸업 후 30여년 만에 TV에서 처음 만난 것이다. 물론 계속 서로 교류가 있어 왔지만 TV프로 특성상 처음 만난 것처럼 각본을 짜 맞춘 것이다. 그 후 ‘정동영’이 국회의원으로 통일부 장관으로 승승장구하게 되자 절친으로 알려진 ‘이동관’의 입지는 저절로 굳어지게 된다.

2006. 5. 18. 동관 형님(좌)과 병선 형님 (우). 주능 종주의 마지막 날.
병선 형님은 2024년 현재 ‘석청산악회’ 의 새로운 이름인 ‘섬돌’ 회장이다.

전주에서 시의원이나 도의원을 희망하는 사람들은 서로 줄을 대려고 난리였다.

2000년도 초
에 '이동관'은 '석
청산악회'라는
모임을 만드는데
건달출신이 주축
인 만큼 전주에
서 말마디 하는
정재계 인물들이

2009. 5. 16. '석청산악회'가 모악산에서 주최한
'정동영과 함께 가는 길'.
연두색 우비 차림이 정동영, 우측 옆 스틱 짚은 이가 동관 형님.

들어오고 싶어 하면서도 눈치를 봤다. 나는 순수하게 산행 안내를 위해
동참을 했고 초기 회칙들을 만들었다.

2006년에는 내가 안내산행을 하여 2박 3일로 지리산을 종주하기도
했다.

2010년 후반 들어 '이동관'의 건강 악화로 사회활동이 어려워져 '석청
산악회' 참석을 못하게 되자 모임의 성격도 달라지고 명칭도 '섬돌'로 바
뀌어 2024년 현재까지도 존속하고 있다.

정치 색깔이 있는 '석청산악회'와는 달리 순수 OB건달들로 이루어진
'석청회'라는 모임이 있는데 처음에는 '석청' 출신들이 주축을 이루었다
가 언제부터인가 소속에 관계없이 전주의 흘러간 건달들이면 누구나
동참하는 모임이 되었다.

전주 '석청회'가 있고 재경 '석청회'가 있는데 서울 석청은 잘 돌아가고
있는 반면 전주 석청은 사소한 이유들로 휴지기에 들어가 있다.

과거 수많은 폭력 써클들이 있었지만 그래도 50년 이상 세월이 흐른

지금까지 이름이라도 살아있는 것은 '석청' 뿐이다.

　전주의 건달사에서 중요한 변곡점이 두 번 있었다. 그 첫 번째가 1960년대에서 70년대로 넘어가던 71년이었다.

　풍남문 인근의 행원(원래는 요정이었는데 현재는 카페로 바뀌었음) 맞은편 2층에 '깐쏘네'라는 음악다방이 있었는데 거기서 중요한 사건이 터진다.

　그 당시는 음악다방이 가장 핫한 유흥업소였다고 한다.

　전주에는 중앙동에 '야꾸쟈' 하고 '깐쏘네' 단 두 곳 밖에 없었다는데 여러 부류의 많은 사람들이 모이기 때문에 기도(지배인 또는 영업부장)가 필요했다.

　'깐쏘네'의 기도는 현역 권투선수 건달인 '김연주'(45년생)였는데 기도가 본업은 아니고 '김동호'라는 친한 형이 주인이어서 재미삼아 봐주고 있었던 것이다. 권투 선수였던 만큼 맞짱에는 거의 적수가 없었다.

　1971년 겨울이었다. 2년 후배인 '김병국'(47년생 지병으로 사망)이 가게로 올라온다.

　"야! 니가 여그 머하러와. 가 임마"

　평소 망나니 같은 짓을 하고 다니는 '김병국'을 못마땅하게 여겨 '김연주'는 항상 개무시 했고 그걸 잘 알고 있는 '김병국'은 이날 맘 먹고 온 것이다.

　"지기미! 형이면 다요? 왜 맨날 나만 먹어대는 거여, 나와요 한 번 먹게!"

“뭐여 저런 후라들 놈이. 그려 먹자!”

‘김병국’이 먼저 나가 내려가고 ‘김연주’가 뒤따라가는 상황이었다.

나가서 맞사지를 먹으면 ‘김병국’이 이길 확률은 거의 없었다.

계단 중간쯤 내려가던 ‘김병국’은 돌연 돌아서더니 미리 준비해 간 사시미칼로 ‘김연주’의 오른쪽 허벅지를 깊숙이 질러 버렸다.

‘김연주’는 무력하게 그 자리에서 주저앉았고 ‘김병국’은 유유히 떠났다. 직후, 지금의 오거리 국민은행 옆에 있었던 황(장?)외과로 옮겨져 봉합수술을 받고 별 탈이 없을 줄 알았는데 감염되어 화농이 심해지자 예수병원으로 옮겨 재수술을 했지만 결국 허벅지 위쪽을 절단해야 했다.

일설에 의하면 후배들이 추우면 안 된다고 상처 부위를 담요로 싸매고 석유곤로를 옆에 켜놓는 등 극성을 떨어서 악화되었다는 말도 있다.

내가 고딩때 남부시장에서 한 쪽에 목발을 집고 있는 외발의 김연주 씨를 자주 목격했는데 그때는 그런 사연이 있었는지는 몰랐다.

전주에서 유례 없는 하극상이었고 유례 없는 연장질이었다.

좀 부풀려졌겠지만 이 당시 ‘김병국’을 검거할 때 기동대 소대 병력이 출동해서 겨우 체포할 정도로 악랄하게 반항했다고 한다.

이 사건을 계기로 점잖고 낭만적인 전주 건달문화는 막을 내리게 된다.

패싸움을 하기보다는 대표자가 나와 1대 1로 맞짱을 뜨고, 지면 승복을 하고 이긴 쪽에서는 “어이, 운동 좀 더 하고 와야것네” 하고는 어울려 막걸리 잔을 나누던 정정당당한 시절은 영영 간 것이다.

이처럼 시절이 바뀐 첫 신호탄이 ‘석청’과 ‘나바론’의 집단 패싸움과 김병국의 연장질이었다고 봐야 할 것이다.

그런데 이런 변화는 전주에만 해당하는 것은 아닌 것 같다.

75년 서울 사보이 호텔에서 '조양은' 패거리의 신상사파에 대한 칼부림 사건을 보면 70년대 초중반의 시기가 멋과 격이 있던 한국의 건달세계를 전반적으로 잔혹하게 뒤집어 놓았다고 봐야겠다.

두 번째 변곡점은 70년대에서 80년대로 막 넘어간 80년대 초 쯤이다.

전두환의 신군부가 들어서고 삼청교육대가 생기면서 특별한 사안이나 사건의 경중에 관계없이 깡패나 건달이라 이름 붙어 있으면 마구잡이로 채가는 시기라서 관할서에 관리명단이 있는 정도의 인물들은 거의 잠수를 타야했다.

그 당시 경찰은 계엄군의 지휘를 받아야 했기 때문에 고깝게 여긴 일선 형사들은 평소 호형호제하던 일부 건달들에게 정보를 흘려 미리 도피하게 하기도 했다.

그때 절로 피신한 일부는 중노릇에 맛을 붙여 계속 그 길로 간 경우도 제법 많았다.

이렇게 건달세계는 순간 공백이 생긴다. 그 틈새로 기존 리스트에 없던 신진 세력들이 등장하게 되는데 전주에서는 '월드컵'과 '나이트'파가 자리를 잡는다.

여기서 폭력써클이나 조직의 명칭이 정해지는 걸 짚고 넘어가 보자면 대략 세 가지 경우가 있다.

'중앙동', '남부배차장' 같이 지역명이나 특정 장소가 이름이 되는 경우도 있고 '석청', '나바론', '빨간마후라' 등은 설립자가 아예 처음부터 이름을 지었는가 하면 '월드컵', '나이트' 는 조직원들의 활동 근거지가 명칭으로 굳어진 것이지만 스스로 붙인 게 아니고 강력계 형사들이 명

명했다는 것이 특이하다.

‘나이트’와 ‘월드컵’의 등장은 건달계의 판도를 완전히 바꿔 놓는다.

첫 번째로 ‘조직화’다.

기존에는 ‘중앙동’에 소속되어 있어도 ‘석청’ 가서 놀아도 되고 그도 저도 싫증나면 안 나가 버리면 그만이지만 조직화 후에는 들어가기도 쉽지 않지만 한 번 발을 들여 놓으면 빠져나오기는 더 힘들었다.

두 번째는 ‘보스체계’다.

그동안은 서열이 나이 순이었다. 물론 특별하게 기질이 있어 1~2년 선배 정도는 막 먹어 친구 같이 지낸 경우는 심심찮게 있었지만 어쨌든 사회적 선후배는 연령 기준이었다. 하지만 조직화 후에는 조직의 보스가 연령에 관계없이 서열 1위가 된다.

보스라고 해서 사회 선배들을 무시하고 대우를 안 해주는 것은 아니지만 절대적인 힘은 ‘보스’에게 있게 된다.

세 번째는 ‘이권창출’이다.

‘이권 없는 싸움은 하지 마라!’ 는게 제1강령일 정도로 이익추구가 우선이었다.

초창기 때야 돈 생길 곳은 유흥업소 밖에 없었다.

그래서 전주에서도 전주관광호텔(현 어의당한방병원자리) 나이트 크럽을 근거지로 ‘나이트’파가 생겨났고 서울소바 맞은편에 있었던 극장식 스탠드바인 월드컵을 중심으로 ‘월드컵’파가 자리를 잡는다.

1980년대 후반 양대 파가 기반을 다져 갈 무렵 한 사건이 터진다.

‘월드컵’파 조직원인 ‘JY’(61년생)가 ‘나이트’파 라이벌을 살해했는데 그것도 싸우던 도중의 과실치사가 아니라 칼 맞고 응급실로 실려 간 상황에서 응급실까지 쫓아가 확인살해를 한 것이다.

일견, 잔혹하고 악랄해 보이지만 가해자의 변을 들어보면 상대를 너무 잘 알기 때문에 회복되고 나면 본인이 도리어 당할 거라는 두려움에 끝을 내야 했다는 것이다.

동의할 수 없지만 이해는 가는 대목이다.

그 후 피해자 측에서는 끝끝내 합의를 해주지 않았고 가해자는 27년을 복역했다.

이런 사건들은 두 조직을 대외적으로 알려 뿌리를 내리는데 중요한 역할을 한다.

나이트파의 보스는 '김용구'(1955년생)로 원래 중앙시장 출신이었는데 후에 중앙동에 있는 '은좌크럽' 영업부장을 하다가 관광호텔 나이트로 옮겨 세력을 규합했다.

지금 현재도 존재하고 있는 전주 OB건달 모임 중 '구사모'라고 당구를 좋아하고 당구장에서 결성된 모임이 있었는데 혹자는 '구'가 김용구 '구'자라고 말하기도 한다.

'월드컵'의 보스는 '주오택'(1955년생)으로 전고 51회로 입학을 했다. 학창시절 도끼 들고 교무실에서 난동을 부린 사건은 지금까지도 회자되고 있다. 그와 친구 몇몇이 고등학교 시절 유난히 거칠게 놀았는데 그 이유는 멤버 중 'HJ'라는 친구가 희귀병으로 고등학교도 졸업이 어려울 거라는 시한부 통보를 받고 자포자기 상태로 마구잡이로 좌충우돌 휘젓고 다녔고 친구들은 안타까운 마음에 같이 동조를 했던 것이다. 그런

데 정작 'HJ'는 멀쩡하게 졸업 후 대학까지 진학했고 '주오택'만 주먹세
계를 선택하게 된다. 'HJ'는 그 후 30세가 넘어 결국 그 병으로 사망했
다고 한다.

양쪽 보스들은 이제 70줄에 들어섰지만 아직 건재하다.

조직이 30년 넘게 지속될 수 있는 이유는 무엇보다도 경제력이다. 두
조직도 건설 쪽에 관여하면서 조폭의 체질개선도 했을 뿐만 아니라 이
권도 챙겼고 조직원 몇몇은 그 길로 들어서 거부가 되었다고 한다.

그 자금줄들이 지금도 조직의 큰 힘일 것이다.

나는 1990년대 이후로는 잘 알지도 못하고 알고 싶지도 않다. 또 만
일 알려고 한다면 이제 나보다 후배들을 만나야 하는데 현역 쪽에 가
까워지니 좀 쩔리기도 해서다.

2010년대 리베라호텔 사우나가 있을 때는 '김용구'는 거의 매일, '주오
택'은 한두 달에 한 번 정도 만날 수 있었는데(나는 거의 새벽시간에 간
다.) 재미있는 것은 묵계인지 우연인지는 모르겠지만 '김용구'는 새벽시
간에 오는 반면 '주오택'은 낮 시간에 오기 때문에 둘이 마주칠 일은 없
었다.

2019년 6월 리베라호텔이 없어지면서 나는 서부시장의 '아로체'라는
곳으로 사우나를 옮겼고 그 뒤로는 그들을 다시 볼 수 없었다.

요즘은 '아로체' 사우나에서 종종 '김동진'(1962년생 월드컵파 전 레
슬링협회 부회장)과 아주 가끔 '이영국'(1958년생 나이트파 모악장례식
장 대표)을 본다.

이들도 이제 60이 넘고 70이 가까워 오는데 온 몸에 혐오스럽게 문신
을 했거나 깍둑머리의 젊은 현역들이 깍듯이 인사를 하는 걸 보면 조직

의 여러 특성에 더해 영속성까지 느껴진다.

최근 뉴스를 보면 MZ세대 조직들은 세력을 온라인상에서 구축하고 자금줄도 사이버도박으로 확보한다는데 앞으로 AI시대가 차츰 도래하면 건달세계도 어떻게 변할지 모르겠다.

우리 시대의 건달이야기는 말 그대로 할아버지가 해 주는 '옛날 이야기'가 될 것이다.

<2024. 6. 9.>

08 보신연가

말복을 이틀 앞둔 날이다.
반려견을 사랑하시는 분들은 이 글을 읽지 마시길…

최근 들어 애견 인구가 폭증을 하면서 동물병원 등 반려견 관련 업종들은 늘어가는 반면 보신탕집은 하나 둘 사라지거나 메뉴가 바뀌어 가고 있다.

우리보다 윗 연배들은 보신탕을 '개국', '개장국' 좀 더 점잖게는 '구탕'이라 했는데 1970년대를 지나면서 '보신탕'으로 정착되었다. 그 당시도 아마 식사 메뉴에 '개'자가 들어가는 걸 좀 꺼려해서 그러지 않았을까?

암튼 개를 예뻐하면서도 보신탕을 무지 좋아하는 입장에서 점차 사라져가는 보신 식문화를 아쉬워하며 그 기억을 더듬어 본다.

내가 언제부터 보신탕을 먹었는지 명확하지는 않지만 선친께서는 드시지 않았으니 어렸을 때 집에서부터 먹었을 리는 없고 대강 고딩 후반부 정도였을 것이다.

개에 대한 내 엽기적인 에피소드는 부풀려지고 덧붙여져 친구들 간에 술안주로 씹혀지곤 했는데 그중 몇 가지를 떠올려 보자면,

고딩을 졸업하고 대학을 들어가자마자 학교가 가기 싫어 휴학계를 내고 군대 먼저 갔다 온다며 대기하고 있던 시기였으니 20살 전후였을 것이다.

진안 마령에 선친께서 약45만평의 임야에 식수와 조림, 표고 재배 등 여러 사업을 벌이고 계셨던 터라 산에 산지기 부부도 상주하고 있었고 나도 전주에 특별한 일이 없는 한 거의 산에 있었다.

어느 날 산지기 개가 새끼를 6마리를 낳았는데 아침에 볼일이 있어 전주에 나갔다가 저녁에 돌아와 보니 새끼가 4마리밖에 없는 게 아닌가!

"아줌마! 새끼 2마리 어디 있대요?"

"죽어서 은희아부지가 어디다 묻었디야"

"아이고 그걸 왜 묻어요"

산지기 아저씨에게 묻은 곳을 물어봐서 다시 캐다가 내장만 긁어내고 끓여 먹었는데 두 마리지만 막 낳은 새끼라서 라면 1개 끓이는 냄비로 딱 맞았다.

또 한 사건은 시기는 거의 그즈음이었고 우리 집에는 정원이 있었는데 선친께서 스피츠를 한 마리 키우셨다. 그런데 그 스피츠가 정원을 자꾸 파헤치는 버릇이 있었는데 하루는 어머니가 새로 심은 꽃나무를 파서 죽여 버렸다.

그것을 보신 어머니가

"저놈의 개 누구 줘버리든지 해버려라"

그 말을 들은 나는 곧바로 끌고나와 잡아먹어 버렸는데 스피츠에게 개밥을 주며 예뻐했던 가정부 아주머니는 화를 속으로 참고 있다가 선

친께서

"쫑 어디 갔냐? 쫑이 안 보인다?" 하며 찾으시자 기다렸다는 듯이

"동주가 잡아먹어버렸대요"

그러자 선친께서는

"그놈의 자식은 배고프면 지 에미 애비도 잡아 처먹을 놈 아녀?"

하시며 노발대발 하셨는데 이 이야기에서 잘못 전해지고 있는 부분이 있다.

내가 쫑을 데려다가 직접 잡아먹은 게 아니고 지금의 동서학동 무궁화탕 맞은편에 자주 가던 보신탕집이 있었는데 그 집에 갖다주고 수육하고 바꿔 먹었다. 그런데 내가 직접 잡아먹었다고 잘못 전해졌다.

나는 그 후 직장을 다니면서도 내 주도로 개를 수없이 잡았지만 직접 배를 가르고 닦달하는 것은 할 줄도 모르고 해본 적도 없다.

또 다른 사건은 군 생활을 할 때였다.

부대 내 B.O.Q(장교숙소)에 세퍼트를 한 마리 키우고 있었는데 개도 밉상이거니와 개 주인인 대대장도 아주 진상이었다. 나는 그때 위병소에 근무하고 있었는데 직속상관도 아니고 위병소 업무와 관계도 없으면서 우리를 사사건건 괴롭혔다.

어느 여름 대대장이 휴가 간 틈을 타서 그 세퍼트를 까버렸다.

위병소에 근무하니 영외출입이 자유로워 끌고 나가는 건 일도 아니었고 부대 밖 외딴 민가가 있었는데 그 집 아저씨와 친하게 지내 그 집에서 잡고 요리도 다 해줬다.

그때 중요한 건 철저한 보안이었는데 우리 위병소 대원들만 알고 있었기 때문에 지켜졌다.

개 목줄은 제자리에 다시 뒀는데 저절로 빠져나간 것처럼 목줄을 동그렇게 고리를 끼운 채 놔두었다. 그때 좀 미안했던 건 개를 돌보는 취사병들이었는데, 그들은 영문도 모른 채 대대장에게 우박을 맞았다. 그 사건으로 4개 포대(중대)가 3개월 외출외박 금지명령이 떨어졌는데 1달도 못되어 해제되었고 나중에 사병들 간에는 공개된 비밀로 전설같이 떠돌았다.

제대하고 복학해서도 학교 쓰레기장에 들어오는 개를 잡아먹는 등 시망스런 짓을 많이 했다.

복학했을 때 브리사 종류인 k303을 타고 다녔는데 일주일에 2번 정도는 혼자서 점심에 보신탕을 먹으러 시내로 나왔다. 그때 보신탕집 밀집지역이 한성여관 뒷골목이었는데 내 단골인 '충일옥'을 비롯하여 '고창집', '대우집' 등이 있었다.

충일옥이 단골이 된 이유는 소주를 시키면 서비스로 조그만 접시에 삶은 창자와 갈비를 줬고, 또 카운터를 보는 주인 딸이 나보다 한두 살 아래였는데 간혹 한가할 때면 서비스 접시에 수육을 한두 점 추가로 슬며시 놓아주곤 했기 때문이다.

88올림픽 전후로 그 지역이 개발되면서 보신탕집들은 지금의 우아 2동 주민 센터 맞은편 안덕원 지역으로 옮겨갔고 거기도 몇 년 지나지 않아 6지구와 아중 1,2지구가 개발되면서 흩어지고 없어졌다.

그 당시 동부우회도로변 지금의 신세계 아파트 맞은편에 새로 자리잡은 '원집'을 그 뒤로 자주 갔었는데 주인아저씨는 한량으로 늘 사냥이나 탐석(수석수집)을 하러 다녔고 주인아주머니가 직접 주방을 봤는데 나는 갈 때마다 식구통으로 아는 체를 하면 아껴놨는지 싱(꼬추)을 가져다주곤 했다.

그 즈음 전주에 먹을 만한 보신탕집으로는 35사단 뒤(지금의 에코시티 소망교회부근)의 '대성집', 동적골에 있는 '부용집', 남부시장의 '청파식당', 그 유명한 오수 신포집이 가족에게 분점을 내준 아중리의 '오수신포집' 등이 있었다.

오수신포집의 특징은 대부분의 보신탕집의 메뉴는 보신탕과 삼계탕 두 가지였는데 여기는 생뚱맞게 구워져서 나오는 '소 불갈비'가 있었고 의외로 인기가 좋아 보신탕을 먹지 않는 사람들도 일부러 불갈비를 먹으러 오는 경우도 꽤 있었다.

이 밖에도 전주에 보신탕집은 수없이 많았겠으나 내가 주로 다녔던 곳은 이 정도였다.

내가 보신탕 얘기를 하다보면 빼놓을 수 없는 친구가 있다.

등산모임에서 알게 된 후배인데 고향이 충남 서천이다. 서천은 아마 우리나라에서 보신문화가 가장 발달한 곳일 것이다. 제상에도 올라가고 혼인 때도 개를 잡는다고 했다.

내가 개를 예뻐하기도 하거니와 보신탕도 좋아하지만 이 후배는 나보다 500배는 더 예뻐하고 더 잘 먹는다.

그에 대한 어릴 적 이야기가 있다.

초딩 때 학교를 갔다 오면 동구 밖까지 마중 나오는 친구 같은 누렁이가 있었는데 어느 여름날, 누렁이가 마중도 나오지 않고 보이질 않더란다.

이리저리 찾아보니 할아버지가 솥에 넣고 삶아버렸다고…

그날 저녁 그 후배는 눈물을 뚝뚝 흘리며 고기를 먹었단다.

그래도 고기가 너무 맛있어서…

예전 시골에서는 복날이 되면 개를 잡긴 했어도 자기들이 키운 걸 직접 먹지는 않고 옆집과 바꿔 먹었는데 할아버지는 너무 하셨지(그게 그건가?)

2015. 10. 23. 부용집에서.
저 친구가 그 주인공이다.

나는 직장생활 2~3년이 지나면서 신입사원 틀을 벗자마자 매년 여름이면 주도해서 개를 잡았다.

책임자급이 되었을 때는 본격적인 여름 연례행사로 굳히게 되었는데 일단 7월초면 회비부터 걷었다. 우리 회사는 6월 결산법인이라서 결산이 끝나고 7월초에 보너스와 여름휴가비등이 지급되기 때문이다. 직급에 따라 차등을 두었고 평사원과 기술직은 회비를 받지 않았다.

그 당시 우리 회사 본·지점 전 직원이 120여명 정도 되었고 임원과 부장급, 여직원을 빼면 해당 직원이 50여명 쯤 되는데 휴가철임에도 불구하고 참석 인원이 많을 때는 30여명, 적어도 20명은 모였으니 적은 규모의 행사는 아니었다.

더구나 그 시절 전국적으로 제조, 생산직은 물론이고 화이트칼라 직까지 노조설립 열풍이 불던 때라서 직원들이 너덧 명만 모여도 경영진에서는 긴장을 하며 감시를 하였는데 내가 노조를 워낙 싫어한다는 걸 위에서도 익히 알고 있던 터라 직접 금전적으로는 아니어도 회사차량까지는 지원을 해줬다. D데이는 7월 하순에서 8월초사이 직원들이 가장 많이 참석할 수 있는 일요일(그 당시는 토요일이 휴무가 아니었다)로 잡았고 장소는 거의 소양 일임리 들어가는 단암사 다리 밑이었다.

당일에는 새벽부터 분주했다.

동원 가능한 직원들은 거의가 총각 쫄병 사원들이었는데 맨 먼저 하는 일은 자리 잡기와 아이스박스 얼음 채우기다.

전날 사 놓은 술과 음료 주전부리 감을 큰 아이스박스에 담아 다리로 가서 제일 좋은 위치의 평상을 선점해서 두 명 정도를 보초로 지키게 하고 남부시장 그릇 집에서 솥과 식기, 가스버너 등을 빌리고 얼음덩어리를 산 다음 다리로 돌아와 아이스박스에 얼음과 물과 술, 음료를 채우면 제일 중요한 일은 끝난다.

이때 시간이 대강 아침 7시 전후이다.

그때부터는 여유가 있다.

양념류는 구내식당 아주머니가 밑반찬과 더불어 이미 준비를 해놔서 회사 식당에서 실어오면 되고 메인인 개고기는 이미 2~3일 전에 점 찍어놔서 가서 잡는 것 확인하고 가져오면 된다.

처음 개고기를 대주던 곳은 지금 남부시장 성원오피스텔 부근의 선배가 소개해 준 곳인데 잡아 주기도 하고 잡아 놓은 통개를 팔기도 했다. 몇 번 거래를 잘했는데 어느 해인가 먹지 못할 정도로 너무 질겨서 실패한 뒤로는 다른 데로 바꿨다.

이동교 옆 지금 시티병원 천 건너 맞은편 연립주택이 들어선 자리인데 그때는 밭이 있고 과수원이 있는 한쪽 공터에 개장들이 즐비하고 항상 20~30마리 이상은 확보되어있는 것 같았다.

그 옆에 가건물 창고가 있고 거기가 잡는 작업장이었다.

처음 가서 잡는 광경을 봤는데 너무 간결했다,

생물이 고기로 변해 정리되는 게 불과 15분 남짓밖에 걸리지 않았다.

내가 처음 개 잡는 것을 본 것은 초등 때였다.

우리 동네에 미싱(재봉틀)수리하는 집이 있었는

여기가 남부시장 예전 남부배차장 부근으로 개나 고양이 등 동물들이 거래되던 곳이었다. 지하에는 개를 잡는 작업장과 잡아진 개 통마리가 들어 있는 냉동고도 있었다. 아직 흔적이 있다.

데 주인 아저씨가 투망전문가였고 나를 무척이나 예뻐했다.

전주에 경찰국장이나 사단장, 보안대장 등이 새로 부임해 오면 선친께서는 그 아저씨를 동원해 이벤트 행사로 봉동이나 고산으로 투망질을 갔는데 잡는 방법이나 고기의 크기와 양에 놀라지 않는 사람이 없었다.

총도 잘 쐈다. 겨울이면 선친의 총을 빌려 간혹 나도 데리고 사냥을 갔는데 유독 그 아저씨에게만 총을 빌려줬다. 그 이유는 총을 돌려줄 때 거의 빈손일 때가 없고 꿩이나 토끼 등을 가져 왔기 때문이 아닐까 싶다.

그 아저씨가 어느 여름날 짐빠(짐자전거) 앞에 나를 옆으로 걸터앉게 태우고 뒤 철망 안에는 개 한 마리와 가마니 등 이것저것 담은 채 어디론가 향했다.

바로 그 유명한 '색장리 다리'였다.

그 당시 한해 여름이면 그 다리에서 죽어가는 개가 수십 마리에 달했을 것이다.

전주 시내에서 가까우면서도 외지고 수량도 많아 요지였다.

다리 위에 도착한 아저씨는 먼저 삐삐선(까맣고 가느다란 군 통신선으로 여간해서 끊어지지 않아 끈이 귀했던 그 시절 빨랫줄로 많이 사용했다)을 꺼내서 한쪽을 다리 난간에 묶었다. 그리고 다리 높이를 익히 아는 듯 다른 한 쪽은 팔과 가슴으로 한발 정도 길이를 잰 다음 올무를 만들어 개목에 걸고 주저 없이 다리 난간 밑으로 던져버린다. 줄이 당겨지는 '촥~' 소리는 났지만 목이 졸려져서 그런지 끽 소리도 없다.

다만 줄이 요동치는걸 보면 허공에서 버둥거리고 있다는 것은 느낄 수 있었다.

아저씨는 느긋이 담배를 한대 태려 물었다. 담배를 피우는 동안 무슨 얘기를 했는지는 기억나지 않는다. 한참 뒤 철망을 통째 들고 다리 밑으로 내려갔다. 개는 축 늘어져 있었지만 완전히 죽은 것 같지는 않았다.

각목을 집어든 아저씨는 무표정한 얼굴로 늘어져 있는 개를 투덕투덕 팼다.

때릴 때마다 움찔움찔했는데 아직 살아있어 반응을 한건지 때리는 충격에 의한 흔들림이었는지 분간이 안 갔다.

"개는 패서 잡아야 살에 피가 배어 맛난거여"

같은 이치로 차에 치어 죽은 개가 맛나단다.

그래서 '복날에 개 패 듯하다'는 속담이 생겨났으리라.

한참 뒤 삐삐선에 매단 채로 짚을 뭉쳐 다리 사이사이에 끼워 넣고 가마니로 몸을 돌려 쌌다. 그리고 불을 붙였다. 토치가 없던 그 시절 털 꼬스르는 게 시간도 많이 걸리고 일이었다.

불이 세면 껍질이 익거나 벗겨져버리니 짚에 불이 확~ 붙지 않고 몽

골몽골 타게 해야 했다.

그때 타면서 풍겼던 누린내, 낸내 등 고약한 냄새는 지금 현재까지도 그와 비슷한 냄새가 나면 바로 그때가 연상된다.

가마니가 다 꼬실라지자 그제야 끌어내려 대나무 칼로 꼼꼼하게 탄 털을 밀었다.

다음 단계는 홀라당 벗겨진 몸뚱이를 반쯤 물에 잠기게 하고 지푸라기를 뭉쳐서 때수건 삼아 물에 적셔가며 박박 문질렀다. 그렇게까지 했어도 때깔은 거무튀튀했다.

배를 가른 아저씨는 김이 나는 간부터 찾아 꺼내들었다. 엄지손톱만큼 떼어내 나에게 내밀었다.

나는 기겁을 하며 고개를 절래절래 흔들었다.

아저씨는 자기 입에 넣고 추가로 간의 절반을 더 베어 물고는,

"생간은 개간이 최고여 들큰한 맛이 아주 그만이여".

내가 생간을 먹은 때는 그로부터 10여 년 뒤였고 저 멘트는 지금도 내가 써먹는 멘트가 되어버렸다.

간을 마저 드신 후 본격적으로 내장 정리에 들어갔는데 나는 어렸을 때부터 선친이 사냥을 해 온 토끼나 꿩 등을 우리 집 정원 수돗가에서 배 가르고 잡는 모습을 많이 봐와서 내장 정리에는 흥미가 없었다.

다만 좀 다른 것은 집에서 잡았을 때는 내장을 거의 버렸는데 개 내장은 씻은 다음 다시 다 담았다. 비닐이나 비료포대가 없던 시절이라 일명 '회푸대종이'(지금 시멘트 포대로 이해하면 됨)로 여러 겹 쌌다.

몸통은 목을 잘라내고 각 다리를 하나씩 4등분을 했다. 모두 끝났을 때는 점심때가 지나있었다.

아침 먹고 왔으니 꼬박 한나절이 걸린 것이다.

한 많은 색장리 다리.
여기에 '견혼비'라도 하나 세워야하지 않을까?
저 다리 밑에서 수많은 개들이 목숨을 바쳤다.

내가 10살 전후였으니 1960년대 중후반이었을 것이고 앞에서 썼던 내 엽기행각은 이때부터 태동했는지도 모르겠다.

예전이지만 이렇게 개를 잡는데 거의 한나절씩 걸렸고 나중에 남부시장에서도 산 개를 맡기면 빨라야 두어 시간이었는데 90년대를 넘어가며 15분 만에 끝나게 된다.

잡는 초식을 보자면, 두 명이 달려들어 한 마리 들어가면 딱 맞을 철망에 개를 넣고 집게 달린 전선을 철망 아무 곳에 물린 다음 다른 극에 연결된 기다란 꼬챙이를 철망에 넣어 개 몸에 대자 '파짓!' 하며 1초도 안되어 털썩 쓰러져버린다. 쉽게 말하면 감전사다.

끄집어내 화염방사기 같은걸로 쏘아대며 두어 번 뒤집고 세차하는 고압호스로 물을 뿌리면서 넙적한 솔로 돌려가며 몇 번 벅벅 문지르자 깨끗한 알몸이 된다.

이어서 손가락 두 마디만 한 닳고 닳은 깨때기칼로 거침없이 배를 가른다. 내장을 바닥에 쏟아 놓고 위와 창자를 순식간에 뒤집어 오물을 제거하고는 배 안쪽도 호스를 넣어 개운하게 씻어 낸 다음 다시 내장을 모두 배속으로 집어넣고 저울에 올린다.

이것이 개를 '산피'로 다는 방법이다.

여기서 좀 모순된 이중 잣대가 등장한다.

내가 선호하는 근대(무게)는 30근 전후이다. 킬로로 환산하면 18킬로
니까 근당 600그램이란 얘기다. 산피로 근당 5천원이라면 총금액이 15
만원이다.

소나 돼지도 600그램이 한 근이다. 그런데 만약 내가 시장에 가서 개
고기를 무게를 달아서 산다면 이때는 400그램이 한 근이다.

그것도 뼈가 다 포함된 상태로… 이것에 대해 자세히 말하려면 이야
기가 한참 다른 데로 빠져야하니 생략하자.

여기서 낱근으로 사면 뼈가
붙은 채로 1근에 400그램을
준다.

무게를 달아 금액을 확정하
면 개장수가 묻는다.

"어떻게 잘라 드릴까요?"

내 주문은 대부분 비슷하다.

"목은 바싹 자르고 4등분에
내복은 간과 콩팥만 주세요."

여기서 '목은 바싹 자르고'
라는 주문에 의미가 좀 있다.

현재(2022. 8.)도 남부시장에 있는 개고기집.

머리를 누가 어떻게 가져가느냐에 따라 '바싹', '적당히', '목살 좀 붙여
서' 등으로 달라진다.

'바싹'과 '살 좀 붙여서'는 목 살 한 근 차이는 난다. 머리를 단골로 가
져가는 사람들은 행사에 참석 안하는 간부급들이었는데 이런저런 약
초를 넣고 고아서 시골 부모님 약 해드린다고 했었다. 찬조를 얼마나 했

느냐와 그때그때 내 기분에 따라 위의 세 옵션은 달라졌는데 머리를 가져가는 당사자들은 전혀 몰랐다.

미리 준비된 비닐 깔린 박스에 네 다리와 내복 따로, 머리 따로 담은 검정비닐봉지를 같이 넣고 박스를 쌍십자로 묶으니 끝이다.

개가 작업장으로 끌려 들어오고 지금까지 걸린 시간은 불과 15분이다. 그날 이후로는 개가 필요하면 미리 예약할 것도 없이 바로 가면 되었다. 한 가지 흠이 있다면 개 종류가 거의 도사견 등 대형견과 믹스견들이었다.

만약 순수한 토종 똥개가 있으면(딱 한 번 똥개를 산 적이 있었다.) 그건 산피로 달아서 파는 게 아니라 그냥 눈대중으로 가격을 매겼다. 산피보다 2배 이상 비쌌다.

이동교 개천 건너 재개발하려고 흰 펜스가 쳐진,
그 안 3동의 핑크빛 연립자리가 개 농장 자리이다.

고기를 찾아오면서 개고기를 못 먹는 직원들을 위해 백숙용 닭을 3마리 정도 사고 회사 기술직 용원인 전삼동 아저씨를 픽업하여 다리 밑으로 간다. 아저씨의 역할은 중요했다. 요리를 다 할뿐더러 나중에 뒤치다꺼리도 모두 도맡았는데 수고비를 넉넉히 챙겨주니 만족해했다.

개고기도 좋아했는데 안 먹는 이유가 각시가 신끼가 있는데 한 첨만 먹고 들어가도 귀신같이 알아 난리를 친단다.

아저씨가 퇴직한 후에는 이씨간장집 인력센터에서 아주머니를 일당잽이로 썼다.

다리 밑에는 아직 솥으로 고기도 안 들어갔는데 맥주를 까며 빤스바람으로 고스돕판이 벌어졌다(이래서 여직원들이 참석을 못한다).

양념과 재료 등은 식당 아주머니가 다 준비를 해줬지만 아저씨도 나름 요리 솜씨가 있었다.

술판과 물놀이를 번갈아 하다보면 술이 취할 틈이 없이 시간이 간다.

나는 탕이나 다른 부위는 관심이 없고 오로지 배받이살만 먹는다.

이 배받이살이 보신탕집에서 수육으로 나오는 껍질 있고 기름 있고 살 있는 삼겹같은 부위이다. 제대로 하는 보신탕집은 이 부위가 없으면 수육을 손님이 찾아도 떨어졌다고 팔지 않는다.

언젠가 한참 혈기왕성할 때 안양에서 동생들과 보신탕집을 갔었다. 손님들이 제법 있는걸 보니 꽤나 하는 집 같았다. 수육을 시켰는데 바닥에 부추를 깔고 째는 냈는데 배받이살이 아니고 퍼벅살 덩어리를 가져온 것이다.

주인을 불러 따졌더니 도리어 나를 이상하게 본다.

아닌 게 아니라 다른 상들을 보니 수육상은 모두 우리와 같았다. 그날 거기서 큰소리로 난리를 낸 뒤로는 내 동생들은 내가 올라가면 절대 밖에서 안 먹고 시켜 먹는다.

개판은 오후 3시경이 되어야 끝이 난다. 몇몇은 전주로 들어와 2차를 가고 골수 고스돕 멤버들은 여관을 잡는다. 행사가 끝나고 나면 돈이

2014. 4. 17.의 부용집 수육. 이게 최상급 수육이다.

2020. 4. 5. 동상집 수육.
이렇게 껍질, 기름층 살이 켜켜이 있어야 수육이다.
하지만 이것은 위의 부용집 수육에 비해 엄청 큰 개이다.
당연히 상급은 아니다.

항상 남지만 나중에 회비 내고 참석 못한 직원들 모닥모닥 해서 한잔하면 결국에는 내 돈이 더 들어간다.

돈이 남건 모자라건 내가 주관하는 동안 회비 가지고 왈가왈부 한 적은 단 한 번도 없었다.

다리 밑에서 개 먹는 행사는 십 수 년을 계속하다가 내가 퇴직하기 3~4년 전부터인가? 다리 밑에서 구내식당으로 옮겨왔다.

물놀이와 고스돕판이 없어진 대신 간부급들과 여직원들이 참석하게 되었으니 인원은 대폭 늘어났다. 시간도 일요일에서 금요일 저녁으로 변경되었고 거의 모든 것을 식당 아주머니가 떠맡았는데 그때도 회비 걷는 것(다른 사람이 걷으면 잘 안 걷힌다고)과 개 잡아 오는 것은 내 몫이었다. 그러는 동안 나는 개를 선택하는 두 가지 원칙이 생겼다.

하나는 산피로 30근(18킬로) 이하여야 하고 미니멈 20킬로 까지는 인정, 또 하나는 햇 개가 아니어야 한다는 것이다. 토종 똥개가 믹스되면 30근 이상까지 크기가 어렵고 햇 개는 겨울을 한 번도 나지 않은 개를 말하는데 마치 설익은 풋과일을 먹는 것처럼 짙은 맛이 없다.

내가 퇴직한 뒤로는 개모임은 지속되지 않았다한다.

내가 가장 최근에 보신탕을 먹은 게 22년 5월 21일이다.

아들놈 혼사 뒤풀이에 빠진 친구가 워낙 보신탕을 좋아하여 겸사겸

사 둘이서만 갔다.

전주 삼천동에 있는 '평양옥'으로 생긴지는 꽤 오래되었는데 한 번도 가보지 않아 언제 가봐야지 하며 벼르던 곳이다.

한창 점심시간인데도 혼자서 먹는 두 테이블뿐이다. 대접 성격으로 봐서는 수육이라도 한 접시 시켜야하는데 일단 검증이 안된데다가 친구가 술을 전혀 못해 수육은 부담스럽다며 손사래를 쳐서 그냥 탕만 시켰다.

최근 한다하는 집들도 주종을 보신에서 흑염소로 바꾸는 마당에 이 집은 꿋꿋이 보신을 고집하고 있어 내심 기대를 많이 했었다.

결과는? 웬걸 이렇게 맛없는 보신탕은 처음이다. 특유의 향과 맛이 전혀 없다. 친구도 같은 생각이다.

서로 마주 보며 어이없어 웃었다. 다시 안 오면 되지 머.

전주에 보신탕집들이 하나 둘 없어지는 것은 그렇다고 쳐도 남아 있는 집들도 손님이 줄어드니 고기 회전이 되지 않아 질이 떨어지고 손님도 떨어지고 그야말로 악순환이다.

부용집이 그랬고 동상집이 그랬다.

동상집은 큰 간판은 흑염소로 바꿔버리고 보신탕도 빼고 영양탕으로 변장했다.

이제 내가 예전에 가 본 공식적으로 남은 곳은 평화동에 오수신포집과 서신동에 황토집 뿐인가? 나 같은 사람도 보신탕집 가는 빈도가 이렇게 떨어졌는데 우리 세대가 지나가면 과연 보신문화가 살아남을지 모르겠다.

이 글을 쓰는 내내 입에 침이 고여 얼마나 삼켰는지…

이 8월이 가기 전에 평화동과 서신동을 꼭 한 번씩 가봐야겠다.

이 글은 2022년 8월에 써 놨었고 책에 수록하려고 최근(2025년) 정리했다. 2024년 1월 8일 갑진국치의 날에 개식용금지법이 국회 법사위를 통과했다. 유예기간 3년이 지나면 2027년 1월부터는 법 위반이다. 이건 어차피 사라져가는 문화인데 뭐하러 법까지 만들어 난리치는지, 요즘같은 아사리판에 '개식용금지'가 그렇게 중요한 국정인지 모르겠다. 쩝~!

　<2022. 8. 13.>

09 전주 본정통

사실 이 '본정통'이란 말은 일제 잔재로 쓰면 안 되는 말이지만 이 거리를 달리 알기 쉽게 표현 할 단어가 없어 보통명사로 빌려와 써본다.

현재 입장에서 꼭 달리 말하자면 동문길, 웨딩거리와 웨리단길이라고 하면 되긴 되겠다.

덧붙여 말하자면 이 길의 우측은 70년대 전주전국체전을 계기로 '충경로'가 뚫렸고 좌측으로는 최근 도로명 주소를 쓰면서 '전라감영로'라는 이름이 붙여졌다.

이글은 내가 쓰고 싶어서 쓴 것은 아니고 쉬는 날 객주에서 한잔 거나하게 걸치고 귀가를 하려는데 보통 때는 택시를 불러 가곤 했는데 대목 앞 금요일 퇴근시간이라 택시가 잡히질 않는다.

아래 사진들을 찍으며 걸어간 동선이다.

그래서 걸어가기로 작정을 하고 걸어가며 무심코 찍은 사진들에 옛 생각이 겹쳐 즉흥적으로 쓰게 된 것이다.

19:45, 객주를 나서 동문길을 걷는다.

우측에 밝은 곳이 어렵게 어렵게 명맥을 이어가는 홍지서림이다.

그 밑으로 지금은 문을 닫은 '탑외국어' 자리이고 그 옆으로 70년대 '방가로'라는 아이스케키도 팔던 제과점이 있었다.

한상채라는 친구가 그 집 아들이었는데 얼마 전 죽었다.

이제 동문길을 벗어나 팔달로로 접어든다.

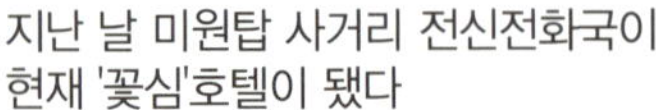

지난 날 미원탑 사거리 전신전화국이
현재 '꽃심'호텔이 됐다

1970년대 미원탑은
전주 '리즈' 시절의 상징이었다.

바로 좌측이 전북은행 본점 자리이고 길 건너 우측에 '꽃심'이라는 새로 생긴 호텔이 과거 전신전화국 자리이다.

팔달로와 교체하는 이곳이 미원탑 자리이다.

좌측 건물이 시청이었는데 자세히 보면 1967년 사진이라는 걸 알 수 있다.

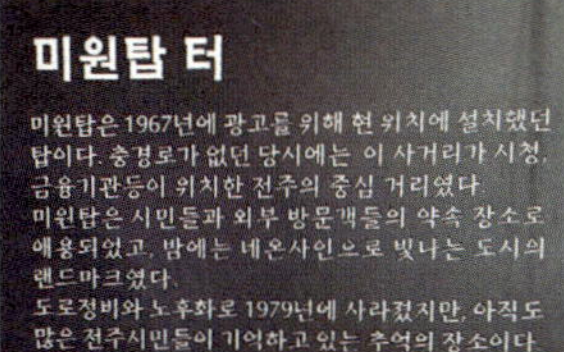

우측의 표지석은 거리를 재는 기준석이다.

가령 군산까지 56Km 라면 이 표지석에서 군산시청까지의 거리라고 생각하면 된다.

전신전화국 앞은 그 시대 우리들이 '전다방'이라 부르며 흔히 약속을 잡는 장소였다 .

이 표지석은 1964년에 세워졌군.
나 초딩 2학년 때네.

지금의 기업은행인 시청자리를 지나 본 중앙동으로 접어든다.

우측의 건물은 경원동우체국인데 지금은 신시가지로 이전한 전주우체국자리이다.

가족회관은 예전 70년대 공보관이라는 극장이 있었는데 초딩

때 '적과 흑'이라는 영화를 본 기억이 난다.

지금은 정체모를 우측의 건물은 관통로라는 충경로가 뚫리기 전까지는 전주에서 최고의 금싸라기 땅이었다. 내 기억에 '태인가구'가 있던 자리인데 그 후로는 업종이나 상호가 수없이 바뀌었고 지금도 애매하네.

저녁 8시도 안되었는데 이렇게 어두컴컴한 여기는 한 때 전주 최고의 상권이었던 거리다.

한 때 한국바둑계의 국수였던 이창호의 생가다.

지금은 이창호 가족과는 전혀 상관없는 사람이 그 이름을 달고 영업을 하고 있다고 한다.

임대 또 임대…

구도심 활성화라는 사업의 일환으로 웨딩거리로 변신해 좀 살아나나 싶었는데 코로나에 겹쳐 계속 임대만 늘어난다.

이 나은갤러리자리는 70~80년대에 '로얄백화점'이 있었고 2층은 당구장, 저 골목은 '후문

집'(도청후문)이라는 막걸리집이 있었는데 항상 북적거렸었다.

그래도 이 사거리는 지금은 없어졌지만 바로 인근에 부래옥, 풍년제과, 일력일식, 아담다방, 홍콩반점 등이 있던 사거리인데 이런 코너도 임대가 나왔네.

그나마 오랜 세월 유지하고 있는 송림일식.

가족회관 뒷골목의 동락일식과 몇 십 년을 버티고 있다.

이 거리의 터줏대감격인 진미반점이다.

화교인데 로타리 가입 등 부단한 사회활동 노력으로 한국화하려고 애를 써서 성공한 케이스이다.

최근 이시계점 부근에서 이쪽으로 이전한 후 호황을 누리고 있는 '초밥장이'.

얼마 전 주인 및 종업원이 코로나에 확진되어 얼마간 문을 닫았었는데 다시 열었군.

이 사진은 1920년대 사진으로 초밥장이 부근에서 내가 온 길을 돌아보고 있다고 생각하면 된다.

초밥밥장이 밑으로는 '웨리단길'이라는 젊은층이 붙인 이름하에 퓨전카페 등이 번성하고 있다.

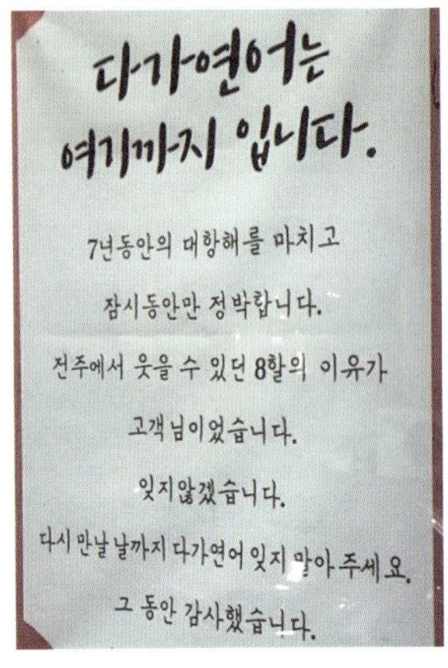

한 동안 내 단골이었던 '다가연어'

근데 언제 문을 닫았지? 여기는 웨리단길이 생성되기 전부터 있었는데. 쩝, 찡하네.

2016년 5월 16일에 클래식수업 동료와 교수하고 처음 갔었던 사진이다.

완전히 죽었던 길이 '웨리단길'로 숨을 쉬기 시작했는데 자칫 젠트리피케이션이 되지 않을까 우려된다.

좌측에 공사 중인 건물은 예전의 '청석동 파출소' 그 뒤 '다가동 파출소' 자리이다.
뭘로 새로 태어날지 궁금하다.

우측의 도형스카시는 내 단골술집에 자주 오는 손님이 사장이다.
좌측의 건물들은 이 부근이 '차이나거리'가 되게 한 주역이다.
화교학교(진미반점 사장이 교장)가 있고 전주 최초로 중국집 재료상이 있던 곳이다.

가운데 빨간 벽돌 박힌 건물이 70년대 '실로암'이라는 전주 최초의 통닭집 자리이다.

좌측에 보이는 3층 원룸은 지금은 리모델링을 했는데 80년대 전주 초창기 원룸형 전셋집이었다.

호스티스를 하던 나의 옛 여자가 살았던 곳으로 자주 드나들었다.

길은 이제 천변으로 빠져나간다.

천변에는 역시 새로 생긴 '온담'이라는 돼지고기집이 성업 중이다.

사진 찍고 오다보니 술이 다 깼네.

시간은 저녁 8시 10분이 지나고 있다.

2021. 9. 17.(금)

두 번째 이야기
전주의 울타리

1. 완산칠봉
2. 곤지산
3. 치명자산
4. 기린봉
5. 건지산
6. 황방산
7. 모악산 태극종주

01 완산칠봉

1. 일 시
2021. 6. 13.(일), 07:33 ~ 09:46

2. 코 스
강당재→용머리고개→용두봉→장군봉→약수터→도로→천변시장→집

3. 참가인원 1명
'나'

4. 시간대별 도착지
07:33 : 집 출발

08:12 : 용머리고개 초입

08:23 : 용두봉

08:29 : 백운봉

08:36 : 금송아지바위

08:42 : 체련장

08:45 : 장군봉

08:52 : 임로

09:10 : 약수터

09:21 : 기령당

09:43 : 엠마오병원

09:49 : 다가산

09:56 : 집

5. 시간 및 거리

총 2시간 23분

약 2.8 km

6. 산행기

오늘 완산칠봉을 갈 건데 강당재에서 용머리고개 절개길을 건너 용두봉으로 올라가 봐야겠다.

엠마오 사랑병원 방향으로 진행하며 시작한다.

강당재 고개턱 부근에 밭으로 나 있는 길이 보인다. 소로 외에는 아예 다른 길은 없다.

좌우로 온통 밭이다. 언덕 정상쯤으로 생각되는 곳에 운동기구가 있다. 전형적 탁상행정이다. 밭두렁 길과 온통 밭뿐인데 누가 여기를 올라온다고…

길은 밭으로 막힌다.

주민에게 물어보니 예전에는 길이 있었는데 지금은 묵혀 없어졌다면서 복숭아 과수원 사이로 난 길을 알려준다.

까마귀도 조나?

171

몇 십 미터 만에 바로 포장도로가 나온다.

포장도로와 한사랑요양병원이 길을 끊어 놨다.

용머리 고개로 내려가는 길은 이 좁은 골목길뿐이다.

골목을 빠져나오니 용머리고개의 명물 대장간들이 나온다.

앞쪽의 용두봉 양 옆으로는 교회와 대명아파트가 들어서 있다.

이제 4차선 포장도로를 건너 맞은편 길로 올라가야 한다.

걸으니 평소에는 안 보이는 것들이 보인다.

전주의 용머리고개는 완

산동과 효자동 사이를 잇는 고개이다.

산의 모양이 용머리처럼 생겼다고 해서 용머리고개라 부른다.

전설에 따르면 이 고개에는 용이 살았는데 어느 해 강감찬 장군이 이곳에 머물 때 가뭄이 심했다. 이에 전주천을 건너는 초립동이를 불러서 당장 비를 내리지 않으면 목을 치겠다고 하자 초립동은 바로 용으로 변해 비를 내리게 하고 떨어져 죽었다 한다.

또 다른 전설은 전주천에서 자란 용이 천 년을 기다렸다가 전주천 물을 모두 삼키고 승천하다가 힘이 빠져 떨어졌다.

이때 용이 떨어진 곳이 완산 칠봉계곡이었다고 한다.

그런데 사실은 힘이 빠진 것이 아니라 천 년에서 하루가 모자랐기 때문에 승천하지 못한 것이었고, 그 용이 한을 품고 몸부림치다가 머리가 아래로 떨어졌다 한다.

그 떨어진 자리가 용머리 형상이라 '용머리고개'라고 하였다.

일제강점기 때는 전주에서 인물이 많이 나는 고장이라 하여 이 고개의 혈을 잘라 정기를 끊고자 했다. 그때 난 길이 용머리고개를 가로지르는 도로이다.

전주시민들은 전주의 혈을 끊었다면서 이를 아쉬워했다.

길을 건너려고 한참을 돌았다.

이제 완산칠봉 산행을 시작한다.

10분 만에 용두봉에 도착한다.

금송아지 바위는 몇 번을 봤지만 볼 때마다 새롭다

아마 특별한 게 없어 늘 보고 잊으니 그렇겠지?

'완산 칠봉의 하나인 옥녀봉 성상에 있는 송아지 형상의 바윗돌을 일명 금송아지 바위'라고 부른다. 옛날 금사봉 아래 경치 좋은 금사당 골짜기에 금송아지 한 마리가 살고 있었는데, 골짜기를 한발도 벗어나면 안 된다는 산신령의 계율을 어기고 아름다운 목소리를 가진 옥녀에게 마음을 빼앗겨 옥녀봉에 오르고 말았다. 금새끼줄을 주면 천상에 오르는 감로수를 주겠다는 옥녀의 꾐에 금실 한 개를 건네자 그 자리에서 돌로 굳어 버렸다는 전설이 전해온다. 훗날 배서방이라는 젊은이가 금덩이를 갖기 위해 이 바위를 깨려다가 산신령의 노여움을 사서 혼절한 뒤 신음하다 죽었다는 이야기도 함께 전해온다.'

이야기에 살을 좀 더 붙여야 재미나겠다.

아! 그러니까 장군봉은
내, 외에 다 포함되는군.

장군봉 바로 밑에는 확~ 트인 체련공원이 있다.

라디오의 뽕짝 소리와 운동하는 기합 소리

가 섞여 소란스럽다.

　정확히는 장군대좌봉이군.
　팔각정이 있는 완산칠봉의 제일 높은 정상이다.
　오늘은 아스팔트 도로로 내려가 보자.
　뒷걸음질 하면서 양손을 힘차게 좌우로 흔들며 내려간다.
　어! 칠성사 입구를 지난다.
　큰 도로에서 약수터로 내려가는 지름길이다.

　이 부근을 보니 옛 생각이 난다.

　고딩 2때던가? 3때던가?
　여학생이랑 데이트를 하고 있었다.
　해는 질락말락 어스름이 내리고 있어 그만 내려갈까 하는 중이었을
것이다.
　동완산동 논두렁 패거리 5~6명이 시비를 걸어오는 게 아닌가.

　"아고, 경치 좋네, 같이 좀 놀지"

　내가 무슨 히라소니도 아니고 바싹 쫄았다.
　하지만 여기서 호구로 보이면 끝나는 거지.
　객기를 부려 본다.

　"남자답게 여자는 보내고 한 판 먹지?"

남자 운운하는 바람에 갸들도 좋다고 고개를 끄덕였다.
숫자로 우세지만 내가 주눅이 안 들으니 즈그들도 켱기기도 할 걸?
여자에게는 귓속말로 내 걱정말고 최대한 빨리 멀리 벗어나라고 했다.
여자는 걱정스레 떠났고 나는 시간을 벌려고 너스레를 떨었다.

"형씨들은 어디로 먹는 분들이시까? 혹 황금박쥐?"

그 시절 서학동과 동완산동 부근에 누가 알아주지도 않는 써클이 있
었걸랑. 내 말하는 폼에서 그들도 마바리로 보지는 않는 느낌이었다.
나는 적당한 때를 포착한 뒤,

"느그들 다음에 다이다이로 만나면 죽을 줄 알어!"
그리고는 여자가 간 반대 방향으로 X나게 튀었다.
그런데 쫓아오는 느낌이 없다.

흐흐 예전에 이런 기억이 있던 곳이다.

체련 공원에는 일요일인데 배드민턴 치는 사람이 하나도 없다.
약수터 주차장이다. 여기는 택시도 올라온다.

약수터 이끼가 분위기 살리네.

근사하다 생각했는데 다 고장 났다.

느들은 어차피 한 짝이 아니자나.

우와~ 꾸울꺽~~~

완산칠봉 밑을 돌아 다가산 방향으로 진행하기 전에 기령당을 들러 보기로 한다.

오며가며 보던 무심코 보던 표지석인데 무슨 내력이 있나 찾아 봤더니 흠, 대단하다.

기령당 (耆寧堂)

"늙을 기, 편안할 녕을 쓴 기령당은 한국에서 가장 오래된, 지역 유지들의 양로당으로 군자정 자리에 있습니다.

군자정은 영조 때 서문 밖 민가에서 난 큰 불로 인해 다 타버렸는데요, 군자정의 현판은 불길에도 타지 않은 채 하늘 높이 솟아올랐다가 이곳 잔등에 떨어졌고 그게 지신(地神)의 조짐이라고 생각한 선비들이 목욕재계를 하고, 다시 군자정을 세운 후이를 기령당(耆寧堂)이라고 불렀다고 합니다.

　조선시대에는 전라관찰사나 전주부윤, 지금으로 말하면 전주시장이 부임 후 가장 먼저 찾은 곳이었다고 합니다. 지역 원로들로부터 덕담을 듣기 위해서인데요, 아직도 지자체장을 비롯해 지역 정치인과 도지사, 시장 등 기관장들이 부임하면 가장 먼저 기령당에 와서 인사를 드린다고 합니다.

　이런 연유로 기령당에는 전라감사와 전북도지사의 명단을 수록한 '도선생안', 전주부윤과 전주시강의 명단을 수록한 '부윤선생안' 등이 소장되어 있습니다."

기령당에 왔다.

생각했던 것보다 초라하네.

나는 이렇게 무책임하게 연도를 써놓은 걸 보면 화가 난다.

　이 표지판이 10년이 지나도 420년일 것 아닌가.

　한쪽 구석에 표지판을 쓴 현재 일을 표시해야 가감할거 아녀?

　내가 검색해서 알기로는 423년(2021년 현재)이다.

　그러니 이 표지판은 3년 전에 썼겠지.

　다음에는 기령당 안을 한 번

둘러봐야겠군.

아까 건넜던 용머리 고갯
길 한 참 밑에서 다가산 방
향으로 길을 건넌다. 빙고리
길이 나온다.

엠마오 사랑병원 주차장에서 본 용두봉과 곤지산

조선시대 다가산 밑 전주천에서 얼음을 채취해서 저장 보관했다 해서
빙고리라는 지명이 붙었다고 한다.

엠마오 병원 주차장에서 다가산으로 바로 길이 이어진다.

다가산 정상(?)이다.
여기도 운동하는 사람이 없군.
집에 도착하니 10시가 다 되었다.

다가산 호국탑

02 곤지산

1. 일 시
2021. 6. 7.(월) 06:43 - 08:57

2. 코 스
다가산→전주천변→곤지산→장군봉→정혜사→집

3. 참가인원 1명
'나'

4. 시간대별 도착지
06:43 : 다가산

07:00 : 전주천변 난장

07:14 : 곤지산

08:02 : 장군봉(완산칠봉 정상)

08:19 : 정혜사

08:34 : 사우나

09:16 : 사우나 출발

09:39 : 집

5. 시간 및 거리

총 2시간 14분

도상거리 약 4.2㎞

6. 산행기

쉬는 날은 모악산을 갔다 와야 한다는 강박관념이 있다. 택시를 하면서 하체에 힘과 기가 쭉쭉 빠져나가는 걸 느낀 뒤부터이다.

그런데 오늘은 늦잠을 자버렸네

늦어도 6시 이전에는 나가야 오전 11시 백신 맞는 시간에 맞출 텐데.

그래서 모악산 대신 주변 야산을 돌아보기로 한다.

집 앞이 바로 다가산 입구다.

다가산 정상은 7~8분이면 올라간다.

다가산을 내려와 전주 천변길을 걷는다.

남부시장까지 오자 천변 가에 장이 서 있다.

아침 장보기를 하러오는 시민들이 많은데 여기는 생각보다 안 싸고 안 싱싱하다.

이 설명을 하자면 너무 기니 생략~

천변에서 방천가로 올라왔다.

곤지산 꽃동산으로 올라가는 초입이다.

이제 7시인데 벌써 치명자산 위로 해가 떠올랐다.

여기가 곤지산(초록바위) 정상이다.

곤지산(坤止山)은 싸전다리 건너 오른쪽에 위치한 봉우리다.

곤지산보다는 초록 바위로 더 알려진 곳이고 전주천 좌안 도로가 뚫리면서 심하게 잘려나간 곳이다.

시립도서관 뒤쪽 길에 이 고양이는 도망가지도 않고 놀자고 붙어 따른다.

북쪽의 건지산에 대응하는 남쪽의 봉우리라는 의미의 곤지산으로 전주부성의 북문과 풍남문을 잇는 선상에 위치하고 있어 곤지산에 올라보면 전주부의 중심축을 조망할 수 있다.

곤지산을 물로 공격한다 해서 붙여진 '공수내'라는 천이 전주천 쪽으로 흘렀고 그 때문에 바위에 늘 이끼가 껴 있어서 '초록바위'라 하기도 했다 한다.

"초록바위 앞 전주천변은 전주 역사에 회한의 설움을 담고 있는 곳이다. 1866년 병인박해 때 천주교도들이 처형되었으며, 조선 말엽 동학교도들을 처형시키는 전라감영의 형장으로도 유명했던 곳이기 때문이다.

초록바위 벼랑에는 북풍에 시달리며 굽어 자란 소나무가 몇 그루 서 있었고, 그 소나무의 북쪽 가지들은 다른 가지에 비해 눈에 띄게 길이가 짧았으며, 참형당한 죄인들의 머리를 소나무가지에 효수하여 천변에 모인 수많은 구경꾼들에게 전시했다고 한다."

최근 철쭉꽃으로 뜬 꽃동산을 지난다.

동학혁명 기념관도 지어 놨다. 여기가 '녹두관'이라네
멀리 학산, 고덕산, 경각산이 보인다.

철쭉나무가 거창하게 크다. 이 부근에 살지만 꽃구경 한 번 안 해보고 오늘이 첨이다.

하긴 지리산 다닐 때도 벚꽃철이면 쌍계사 부근 피해 다니고 단풍철이면 피아골, 뱀사골 피해 다니고 철쭉 필 때는 바래봉 안 갔는데 뭐.

완산칠봉 올라가는 도로가 나온다.

정자 밖이 도로고 그 너머로 동학혁명비가 보인다.

흠~ 무슨 새지? 자태가 범상치 않네.

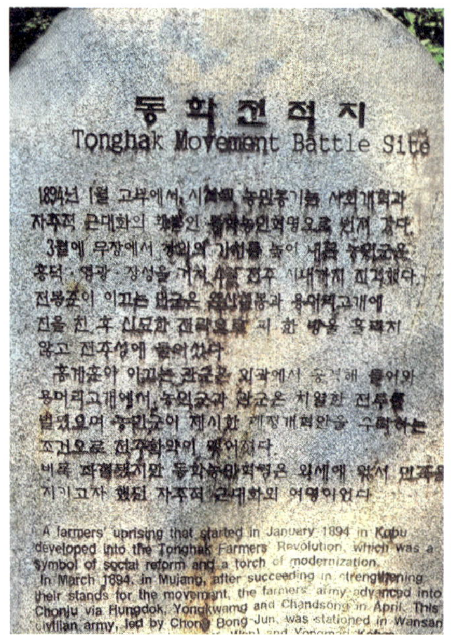

이런 걸 세워 놨으면 제대로 관리를 할 것이지.

정상, 장군봉에 세워진 정자

오늘은 일단 정혜사로 내려 가봐야겠다.

비구니 절 아니랄까 봐 정적이 감도는 정혜사.

정혜사에서 사우나까지 싸박싸박 걸어가니 15분이 걸린다.

사우나에서 나와 집으로 걸어가는 길은 팍팍하다.

하지만 걷다 보니 평소 안보이던 것들이 보인다.

나 어렸을 때는 집집 담장마다 저런 것이며 사금파리가 박혀 있었지.

얼마나 어려웠으면 남의 담장을 그렇게 넘어 다녔으며 그걸 막으려고 저런 것을 박아 놨을까?

모악산 만은 못해도 나수 짱짱하네.

예전에 몇 번 가보긴 했지만 완산칠봉 길이 많아 앞으로 늦잠 잔 날은 탐구 겸 완산칠봉으로 가야겠다.

03 치명자산

1. 소풍일시
2009. 2. 8.(일), 10:57 ~ 12:18

2. 코   스
동고사→순교자묘지→치명자산→견훤 왕궁터→낙수정 군경 묘지

3. 참가인원 2명
'아멜리아'

'나'

4. 시간대별 도착지
10:42 : 주차장 출발

10:57 : 동고사

11:10 : 순교자 묘지

11:15 : 암벽장

11:21 : 정상

11:27 : 점심

12:02 : 출발

12:18 : 견훤 왕궁터
12:26 : 군경묘지
12:41 : 생태박물관
12:47 : 주차장

5. 소풍시간 및 거리
총 2시간 5분(점심 35분포함)
소풍거리 쪼끔

6. 소풍일지
아침부터 전화가 걸려와 통 사정을 한다.
"모악산이라도 한번 다녀오게요."('아멜리아')
"발 아파서 못가. 다른 사람에게 연락해봐"('나')
"연락해 봐도 갈 사람이 없어요. 가까운 코스라도 가게요"
"그럼 도시락이랑 술이랑 다 사고 배낭도 혼자 매"
"알았어요"
"그럼 10시까지 연금매장으로 나와"

세수도 안하고 모자만 꾹~ 눌러 쓰고 코펠, 버너만 챙겨 나선다.
　출발을 하기는 했는데 중인리가 가까워지자 괜시리 발바닥이 아파 오는 것 같다. 슬그머니 쨉을 써본다.

　"참~! 구이에 내 친구가 사는데, 엊그제 매어 놓은 개가 풀려 토종닭을 60마리를 물어 죽였대. 거기 한번 가보게"('나')

강력하게 그냥 산행을 하자 했으면 가려했는데
(시큰둥하며) "그래요 그럼"('아멜리아')

나는 얼씨구 좋다하고 핸들을 구이로 돌린다.

가다가 혹시 몰라 친구에게 전화를 해보니 일이 있어 전주에 나왔단다. 졸지에 목적지가 사라진다.

묵묵히 한참을 전주로 되돌아 나오다가

"그냥 내가 알아서 갈게 따라와"

그리하여 승암산 이라고도 하는 (우리는 어릴 때 '중바우'라고 불렀음) 치명자산으로 향한다.

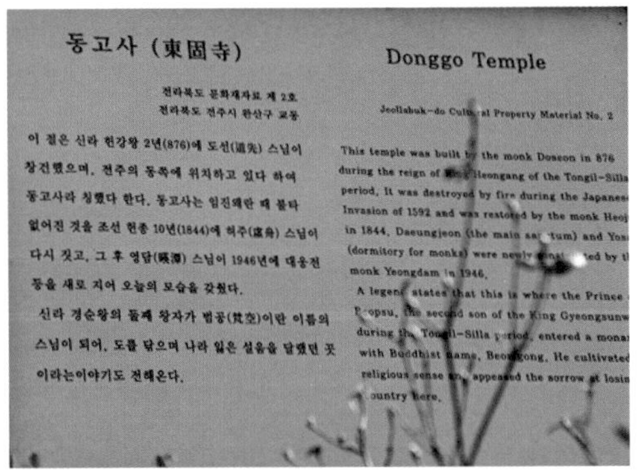

동고사 가기 전 정체모를 '일광암' 종각에 메주를 띄우고 있다.

동고사를 지난다.

동고사는 신라 헌강왕 2년(876년)에 도선 스님이 창건했으며 전주의 동쪽에 위치하여 동고사라 칭했다 한다.

임진왜란 때 소실되어 1844년 허주 스님이 다시 짓고, 그 후 영담 스님이 1946년 대웅전 등을 새로 지어 오늘의 모습을 갖췄다 한다.

순교자 묘지로 올라가는 계단을 지나
천주교 성지인 유항검 순교자 묘지를 보
고 성당에 들러 본다.

방향을 틀어 기린봉 쪽으로 간다.
초보 암벽등반 연습장이 있는 곳이다.

깜짝 방문한 교황 성하와 한 방~
(믿거나 말거나)

2005. 4. 14.
바로 이 암장에서 연습하는 '아멜리아'

11:21 정상.

점심 장소로 이동하
여 점심 준비를 한다.

고덕산 방향을 바라보고 있다.

짧은 시간에 제법 이것저것 많이 싸 왔다.

12:02 점심상을 정리하고 출발한다.

"쓰레기까지 다 들어~~!!"
견훤 왕궁지를 지난다.

내용이 잘 보이지 않지만 대강 읽어 보면
"견훤은 완산주에 전주성을 쌓고 도읍지를 정하여 900부터 936년까지 후백제의 왕도로 삼았다.
1980년 이 산성을 조사 할 때 전주성명연화문와당이 발견 되었는데 기와편에 전주성이라는 글씨가 새겨져 있어 그 당시 전주성이라 불렸던 것으로 보인다. 연화 무늬의 형식은 신라 말기에서 고려 초기에 사용된 것으로 이는 견훤이 완산주에 입성하여 후백제를 세운 시기와 맞물린다. 따라서 이곳이 견훤의 궁터로 전해 온다."

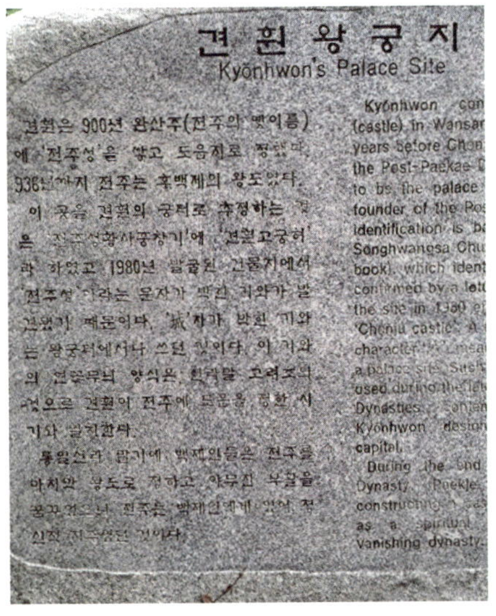

사이비 냄새가 물씬 나는 나는 단군성전을 지나니 군경묘지가 나온다.

초딩 때 소풍 왔던 낙수정 군경묘지

벽화가 요란한 낙수정 마을을 지나고 고개를 넘어 한벽문화관 방향
으로 나온다.

발밑은 철도가 있던 기린대로이다.

굴다리를 통과해서 말만 번지르한 생태박물관을 지나 주차장에 도착
한다.

산책 끝~~

04 기린봉

1. 산행일시
2010. 12. 26.(일), 07:40 ~ 08:15

2. 코　스
아중체련공원→기린봉→선린사

3. 참가인원 (혼자)

4. 산행시간 및 거리
총 35분

거리 1km 남짓

5. 산행기
2010년 마지막 산행대장이 나다.

공지는 올렸는데 아무도 간다는 사람이 없다.

그래도 누군가 1명은 나오겠지?

아중역 07:03.

약속시간이 넘었건만 아무도 나타나지 않고 야속한 가로등만 휘황하다.

길은 빙판 되어 번질거리고…

그냥 들어가려다가 그래도 한해의 마지막 산행인데 혼자라도 가야지 멀리는 갈 수 없고 그냥 기린봉이나 가야겠다.

체련공원 부근에 주차를 하고 출발 한다.

이 코스는 총 4번에 걸쳐 계단이 나오는데 첫 번째는 121개, 두 번째는 244개, 세 번째는 264개 마지막은 118개로 총 747개이다.

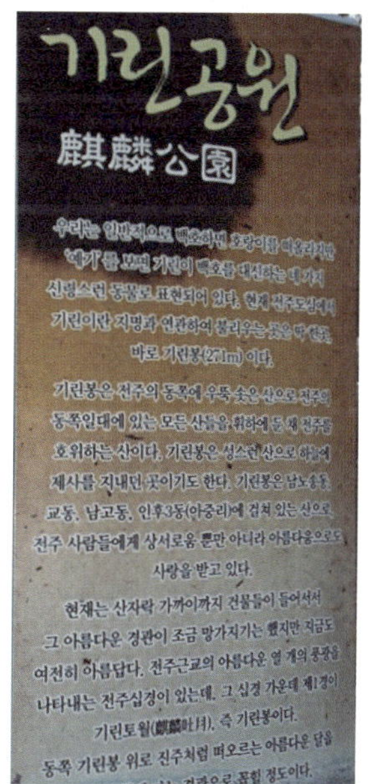

"우리는 일반적으로 백호하면 호랑이를 떠올리지만 '예기'를 보면 기린이 백호를 대신하는 네가지 신령스런 동물로 표현되어 있다.

현재 전주 도심에서 기린이란 지명과 연관하여 불리는 곳은 딱 한곳 바로 기린봉(271m)이다.

기린봉은 전주의 동쪽에 우뚝 솟은 산으로 전주의 동쪽일대에 있는 모든 산을 휘하에 둔 채 전주를 호위하는 산이다.

기린봉은 성스런 산으로 하늘에 제사를 지내던 곳이기도 하다. 기린봉은 남노송동, 교동, 남고동, 인후3동(아중리)에 걸쳐있는 산으로 전주 사람에게 상서로움 뿐만 아니라 아름다움으로도 사랑을 받고 있다.

현재는 산자락 가까이까지 건물들이 들어서서 그 아름다운 경관이 조금 망가지기는 했지만 지금도 여전히 아름답다.

생각지도 않고 올랐더니
막 일출이 도토리나무 속으로 떠버렸다.
10여분만 빨랐더라면 좋았으련만 아쉽다.

전주 근교의 아름다운 열 개의 풍광을 나타내는 전주 십경이 있는데 그 십경 가운데 제 1경이 기린토월(麒麟吐月), 즉 기린봉이다.

동쪽 기린봉 위로 진주처럼 떠오르는 아름다운 달을 전주의 첫째가는 경관으로 꼽힐 정도이다.”

이때부터 사정없이 변의가 느껴진다.

참고 힘을 주고 내려가려니 식은땀이 난다.

휴지도 없고, 분만할 때 통증의 간격이 점점 좁아든다더니 꼭 그런 느낌이다.

(애기를 낳아 본 것 같으네).

선린사가 나온다.

기린봉 정상

체련공원 건물에 화장실이 있었다. 어찌나 시원했던지...
산행이라고 하기엔 좀 쑥스럽지만,
앞에서 말했듯이 한 해의 마지막 산행대장이라는 최소의 의무감에
이렇게라도 마무리 한다.

선린사 입구는 부지런함이 쓸려있다.

195

05 건지산

1. 일 시
2021. 10. 29.(금), 06:32 ~ 08:38

2. 코 스
장덕사→연화마을입구→조경단→최명희묘소→전북대병원 뒤편→
승마장→동물원 구름다리→오송제→장덕사

3. 참가인원 2명
'강산애'
'나'

4. 시간 및 거리
총 2시간 6분
약 9 Km

5. 산행기
'강산애'와 다른 일로 통화 중에 쉬는 날 건지산을 한 번 돌자고 약속
을 잡는다.

6시 30분 약속인데
7~8분 빨리 왔다.

제시간에 '강산애'
가 조명분 여사와 같
이 나타난다.

나는 처음 와보는
곳이다.

초입인 장덕사 입구

평일 아침인데도 사람들이 많다.

'강산애' 부부는 집 부
근이라서 이 코스를 밥
먹듯 다닌다고 한다.

잠시 후 조여사는 짧
은 코스로 간다고 헤어
진다.

오호~! 여기가 최명희 묘소군.
누가 다녀갔는지 꽃다발이 놓여있다.

요즘 전주시에서 '꽃
심, 꽃심' 하드만 여기서 따왔나
보네.

길은 동물원, 연화마을, 전북
대 기숙사 사거리로 이어진다.

조 경 단(肇慶壇)

전라북도 기념물 제 3호
전라북도 전주시 덕진구 덕진동

조경단은 전주 이씨의 시조 이한(李翰)의 묘역이다. 태조 이성계는
조선 왕조를 세운 뒤 건지산에 있는 이 묘역을 각별히 지키게 했으며,
그 후 역대 왕들도 이의 보호에 정성을 다하였다. 특히 고종 황제는
광무 3년(1899)에 이곳에 단을 쌓고 비를 세워, 관리를 배치하고
매년 한 차례씩 제사를 지내도록 했다. 비석에 새긴 「대한 조경단(大韓
肇慶壇)」이란 글씨와 그 비문은 고종 황제가 직접 쓴 것이다. 조경단은
경기전, 조경묘와 함께, 전주가 조선왕조의 발원지임을 상징하는 곳이다.

조경단이다.
중학교 소풍 때 와보고 처음이니 몇 년 만이야? 50년만?

예전에 견인된 차들을 보관하던 곳인데 저 트럭에 사람이 산단다.

옆에서 라면도 끓여 먹고…

간혹 저걸 끌고 시내로 돌아다닌다네.

대문은 굳게 닫혀 담 위로 찍어 본다.

소풍 때는 저기에서 맘대로 뛰고 놀았는데.

조경단 인근과 건지산 인근 모두가 전주이씨 종중 땅이었는데 대부분을 종중에서 전북대에 기증했다고 한다.

1960년대 당시 이를 주도한 이가 전주의 큰 어르신이신 효산 이광열 선생이다.

건지산은 정상이 애매하다.

정상에 왔는데 표지판은 다른 곳이 건지산(정상)이라고 가리킨다.

그런데 '건지산'은 고유명사면서 보통명사(='북쪽산')이기도 하다.

남부시장 부근에 곤지산(초록바위)이 있듯이 전주부성의 남쪽에는 '곤'이 있고 북쪽에는 '건'이 있으니 이것은 방향의 의미로 봐야지 어느 봉우리가 곤이고 어느 산이 건이고는 큰 의미가 없는 것 아닐까?

동물원에서 호성동 넘어가는 길목에 가로질러 있는 구름다리가 항상 궁금했는데 그 구름다리를 넘어간다.

좌측이 호성동 방향이고 우측이 동물원 방향이다.

금요일 아침 출근 시간이라 차들이 분주하다.

팔각정 옆에는 천막이 있고
그 안에 윷판이 그려져 있다.
오후에는 노인네들이 버글버글 하단다.

오송 저수지.

여기도 말만 들었지 처음 와본다.

수질 보호를 위해 연잎 숨이 푹 죽으면 배 타고 다 걷어 낸다네.

199

오송제를 지나 숲으로 접어드는데 어~! 누가 뭘 태우나? 때가 어느 땐데?

숲에 연기가 자욱하다.

근데 킁킁 냄새를 맡아 보니 소독약 냄새가 난다.

자세히 보니 비닐통로가 있고 그 비닐 군데군데 구멍이 뚫려 거기서 연기가 나오고 있다.

근데 매겁시 숲을 소독할 이유가 없자나?

둘이 의아하게 자꾸 말을 이어가니 산책하다 쉬는 듯 의자에 앉아 있던 어떤 남자가 다가와 손가락으로 자기 입술에 쉿~ 하고 대면서 영화를 찍고 있단다.

숲에서 안개 씬을 찍는데 보는 사람들로 하여금 소독을 한다고 생각하게 하려고 했는데 우리가 노골적으로 말도 안 된다고 지적하며 떠드니 설명을 해 준다.

내년에 개봉되는데 제목이 '모르는 이야기' 란다.

함 봐야지.

드디어 트레킹이 끝났다

둘이 해장국이나 하려다가 술 없는 외식은 싫고 용순이는 안 마실 것 같고 나 또한 마시면 하루를 버릴 것 같고…

"어이, 용순이 아침은 각각 먹세"
"그래요~!"

이씨! 왜냐고 묻지도 않고, 같이 먹자고 권해 보지도 않고 단칼에 '그래요'?

'강산애'가 나를 위한다고 길게길게 잡아 늘려 9Km를 채웠다.
지도에도 보면 건지산이 엉뚱하게 두 군데에 있다.
이 코스는 송천동, 덕진동, 금암동, 인후동, 우아동, 호성동 여섯 개 동을 아우른다.

'강산애'가 완산칠봉을 안 가봤다고 해서 다음에는 내가 완산칠봉을 안내 하기로 한다.

06 황방산

1. 일　시
2023. 1. 29(일), 09:35 ~ 11:23

2. 코　스
서곡광장사거리→황방산→일원사→빽→서곡광장

3. 참가인원 4명
'강산애'

'조명분'

'유영순'

'나'

4. 시간대별 도착지
09:35 : 서곡사거리 출발

10:12 : 황방산

10:35 : 일원사

11:23 : 원점

5. 시간 및 거리

총 1시간 48분

도상거리 4.1㎞

6. 산행기

1월은 설날이 끼어 산행 날짜가 29일로 미루어진다.

전주세무서에 주차를 하고 나선다.

푯말 내용을 대충 보면,

"황방산은 전주의 서쪽에 위치해 있어 황방산성을 서고산성이라 부르기도 했고 후백제 시절 전주를 보호하기 위해 구축되었다"고 한다.

사실 정기산행 코스로는 좀 짧지만 '강산애'가 한 번도 안 가봤다고 해서 내가 잡아봤다.

나도 먼 옛날 딱 한 번 와봤지만.

그래도 엊그제 눈이 살짝 와서 겨울 산행 맛이 나네.

서곡지구 너머로
모악산 자락이 펼쳐져 있다
(그래도 저기 정도는 가야 하는데).

황방산 우암바위에서 한 방~~
황방산 정상은 의외로 싱겁다.

'강산애'가 커피랑 비스킷, 귤, 쵸콜릿 등 챙겨 왔다.
쳇, 술이 없어 나는 해당 없다.

정상의 북쪽 앞으로 만성지구와 혁신도시가 펼쳐져 있다.

서쪽으로 몇 분 진행하자 '일원사'가 나오는데 문도 굳게 잠겨 있고 태고종이라지만 뭔가 분위기가 심상치 않다.

내용을 보면,
"황방산은 전주의 북서쪽(乾方, 11시방향)이 공허하여 지기(地氣)가 빠져 나갈 수 있고 재앙이 숨어들어 올 수 있다고 하여 황방산의 땅 두둑할 방자를 尨(삽살개 방)자로 바꿔 공허한 북쪽을 누런 삽살개가 짖으며 지키

므로 재앙을 막자는 뜻이 있다"고 한다.

간단하게 산행을 마치고 내려오니 신발 털라고 에어건이 준비되어 있다.
산을 내려오면서 횟집을 하는 회원인 재홍이에게 미리 연락을 했다.

단장님이 하산주 자리에는 참석을 했다.
2월 시산제는 남원 봉화산에서 지내기로 결정한다.

07 모악산 태극종주

1. 일 자 : 2003. 3. 26.(수)

2. 코 스 : 모악산 태극종주

3. 소요시간 : 6시간

4. 도상거리 : 약 17.2㎞

5. 코스개요

모악산 등산코스 중 가장 긴 코스로 엄밀히 말하자면 모악산과 김제 구성산의 등산로를 태극모양으로 이어 연결한 코스이다.

킬로수로 보면 그다지 힘들지 않아 보이고, 또 높지는 않지만 고스락이 반복되는 구성산 쪽 후반부 때문에 약간은 빡빡한 코스이다.

백두대간이나 정맥종주를 시작하려는 분들에게는 시금석이 될 만한 훌륭한 연습코스이고 모악산 태극종주를 소화할 수 있다면 대간의 난코스나 지리산의 험난한 코스도 가히 어렵지 않게 오르내릴 수 있을 것이다.

6. 시간별 도착지점

08:00 두방리 출발

09:00 구이 상학에서 이어지는 오른쪽 길과 만남

09:17 수왕사 안부

09:34 모악산 정상

09:42 금산사 삼거리

09:49 금곡사 삼거리

09:58 금선암 삼거리

10:07 연분암 안부

10:09 매봉

10:16 전망바위

10:28 유각치 삼거리

10:54 유각치(전주에서 금산사로 넘어가는 전주와 김제 경계 고개)

　(5분휴식)

11:00 유각치 출발

11:20 유각봉

11:31 헬기장

11:50 싸리재(귀신사에서 이어지는 임도)

12:19 삿갓봉

12:31 안부 절개지

12:50 구성산

13:05 학선암

　(5분 휴식)

13:10 출발

13:20 임도끝 능선 접어듦

13:32 폐패러장

13:58 민가

14:00 청룡사(청룡리)

※ 상기 시간은 점심 및 휴식시간이 포함되지 않았으니 정상 산행이라면 2시간 30분
  정도 플러스 시켜야 함

7. 산행기

전주에서 구이 쪽으로 가다보면 동적골이 나온다. 동적골을 막 지나
면 우측으로 '두방리'표지판이 보인다.

두방리 방향으로 우회전하여 새로 난 도로 터널 밑에서 산행준비.

새 도로로 올라가 구이 방향으로 10여분 가면 오른쪽 첫 번째 산

구이 저수지의 아침!

기슭이 머리를 내밀고 있다.

　여기가 초입이다.

　여기서 40여 분간은 편안한 야산을 오르내리는 기분으로 전진을 하다가 호흡이 가다듬어 질 무렵 10~20분 바

오른쪽 길에서 내려다 본 대원사

싹 고도를 높이면 구이 상학에서 올라오는 오른쪽 길과 만난다.

　여기까지는 거의 인적이 없는 산행이다.

　작년에는 이 길이 허리를 숙이고 다녀야 할 만큼 능선길에 잡목이 많았는데 오늘 보니 등산객들의 왕래가 제법 많이 있었나 보다.

　여기서 모악산 정상까지는 약 35분 정도.

　정상을 지나 모악산의 주능선길로 접어든다.

　옅은 개스가 시야를 답답하게 가린다.

모악 주능에서 본 유각봉, 삿갓봉, 구성산(오른쪽부터).

　금산사 삼거리, 금곡사 삼거리 등등 좌우로 갈라지는 여러 등산로를 떨치고 능선을 탄다.

　정상에서 40여분 정도 능선을 따라오

면 고덕산과 전주 평화동 쪽이 훤히 보이는 전망바위가 나온다. 반대편
으로는 태극종주의 후반부인 구성산 줄기가 아스라이 보인다.

전망바위를 지나 10여분 진행하다가 약간의 오르막을 차오르면 능선
정상의 삼거리가 나온다.

나무계단으로 내리막을 만들어 놓은 직진길은 중인리 박씨제실, 또는
삼승마을로 가는 모악 주능선의 마지막 길이다.

여기서 좌측으로 접어든다. 이 길이 유각치로 내려가는 길이다.

30분정도 떨어지면 전주에서 금산사로 넘어가는 유각치 고개가 나온
다.

모악산 태극종주의 정확한 절반 지점이고 사실상 모악산이 마감된다.

이 후로는 구성산 줄기이다.

딱 2시간 54분이 걸렸다. 여기서 처음으로 물을 마시고 5분간 휴식을
한다.

헬기장에서 본 삿갓봉(왼쪽)과 구성산.

11:00 유각치를 출발 여기서 구성산까지가 종주 중 가장 까다롭다.

그렇게 높지도 않으면서 체력을 소모시킨다.

20여분을 차고 올라가면 유각봉

이다.

유각봉에서 곧바로 직진하면 안 되고 정상 20여m지점에서 좌측으로 떨어져야한다.

요즘 같이 시야가 트여있으면 방향 잡기가 쉽지만 나뭇잎이 시야를 가릴 때는 독도에 주의해야 한다.

10여분 가면 주위가 훤한 헬기장을 만난다.

헬기장에서도 좌측에서 길을 찾아야한다.

헬기장에서 20여 분 내리막길을 가면 귀신사에서 올라오는 싸리재가 나온다.

(아래 인용부는 작년(2002년) 7월에 썼던 내용임)

"산의 높이는 비록 487m 밖에 안 되는 구성산이지만 귀엽게 암팡지고 조그만 암벽도 아기자기해 산행의 즐거움을 더하게 해줍니다.

더더욱 의미가 있는 것은 전주의 명산인 모악산을 우리는 항상 동쪽부분만 보면서 살아왔지만, 이쪽 산행을 하게 되면 모악산의 서쪽 자락이 파노라마처럼 다가와 새로운 모악산의 웅장함에 감탄을 하게 됩니다.

더더욱 금평저수지를 왼쪽 앞에 두고 정맥길 같은 편안한 능선 산행을 할라치면 오른쪽은 온통 푸른 금만평야가 펼쳐지고 왼쪽엔 화려한 모악산 자락과 저수지의 정경이 어우러져 마치 선계과 속계를 가르는 경계를 걷는 것 같은 신비로움이 더해집니다.

일단 목적 산은 구성산(九城山)으로 487.6m이고 행정구역상 김제시 금구면과 금산면의 경계에 있습니다.

등산로는 2-3개 코스 정도인데 제가 소개하는 코스는 일반 코스에서 약간 벗어나는 코스로 정상코스보다 약 800미터정도 길게 잡았습니다.

중인리 삼거리에서 금산사 쪽으로 712번 국도를 타고 가다 유각치 고개를 넘으면 청도리에 귀신사가 있습니다.

귀신사 앞 공터에서 귀신사의 왼쪽 담을 돌아 타고 아담한 석탑 앞을 지나 오르막 임도로 15분정도 걷다보면 싸리재 능선이 나옵니다.

왼쪽으로 등산 시그널을 따라 본격산행을 시작.

불과 50여 미터, 짜증나게 파헤쳐 놓은 임도 공사 터를 지나 정상으로 재촉하다 뒤를 돌아보면 모악산의 서쪽 능선이 한 눈에 들어옵니다.

한참을 고도를 높이면 새끼봉우리가 나오고 오른편 앞쪽으로 구성산 정상으로 착각하게 만드는 삿갓봉이 버티고 있고 삿갓봉을 지나면 급격한 경사로 내리막이 나옵니다.

산행시작 50여분 만에 임도가 있는 절개지에 다다릅니다. 자그만 암벽을 지나 20여분 바싹 다시 고도를 올리면 전북산사랑회와 전일저축은행에서 설치한 구성산 푯말이 서있는 정상에 도착합니다.

푯말에 금구 3.6km, 귀신사 2.8km로 표시가 되어있는데 금구방향으로 일단 100여 미터 내려가다가 헬기장 못 미쳐서 왼쪽으로 떨어져야

학선암과 학선암의 할머니

됩니다.

 왼쪽 길로 가다보면 내려가는 듯하다가 다시 오르막으로 변하면서 암벽이 군데군데 박혀있는 능선길로 내려오게 됩니다.

 신우대가 꽉 쩔어 길이 잘 안 보이는 몇 미터를 뚫고 나가면 의외의 선경 같은 학선암 갑자기 나타납니다.

 고마운 할머니가 점심을 했느냐고 물으신다.

능선길에서 본 금평저수지.

 학선암에서 마른 목을 축이고 시멘트와 흙으로 잘 닦여진 자동차 소로로 7~8분 내려오다 보면 도로가 오른쪽으로 120도정도 회전하는 내리막이 나오는데

213

거기서 도로를 버리고 직진으로 편안한 산의 능선길로 접어듭니다.

거기서부터는 마치 정맥길을 걷는 기분이 납니다.

사뭇 걸으면 왼쪽으로 금산사의 정경이 훤하게 보이고 왼쪽 앞으론 금평저수지에 오른쪽엔 온통 푸른 금만평야가 펼쳐집니다.

1시간여를 오르내리면서 금평저수지로 빠져들 것 같이 고도를 낮추다가 마지막 야산 정상에서 흐릿한 왼쪽 길을 버리고 선명한 오른쪽 길로 떨어지면 신우대숲을 지나 고추밭이 나오고 밀양박씨와 담양전씨가 모셔진 묘지를 옆으로 쌍룡사가 있는 금산면 쌍룡리 마을로 내려오게 됩니다.

마을에서 왼쪽으로 약 5분을 걸어나오면 금산사 원평간 4차선 국도가 나오고 원평을 경유하는 '김제↔금산사' 시내버스가 각각 20여분 간격으로 운행을 하는데 그 버스를 타기보다는 거기서 금산사까지 약 25분이면 걸어갈 수 있는데 금평저수지를 끼고 걷는 즐거움도 물론 있지만 그것 보다는 지금까지 산행을 했던 봉우리와 능선들이 저수지길을 걸으면서 보면 선명하게 펼쳐져 보여 그 자취를 더듬는 즐거움과 만족감이 산행 후의 보람보다 훨씬 더합니다."

이상이 싸리재에서부터 청룡리까지의 산행을 작년에 썼던 내용임(사진은 2003년 3월 27일)

13:05 학선암에 도착하여 약수와 함께 5분간 휴식을 하고 청룡리 마을에 도착하니 정확히

14:00 딱 6시간이 소요되었다.

정상적인 산행이라면 점심 1시간, 전반휴식 40여분, 후반 40여분 도합 2시간 20여분은 더 플러스시켜야 될 것 같다.

따라서 총 산행시간은 8시간30분 또는 9시간정도 잡으면 넉넉할 것 같다.

발문

임용진
새전북신문 논설고문 / 전 중앙일보 기자

나는 자청해서 이 발문을 쓰고 있다.

친구 양동주 씨 책 끝머리에 굳이 이 췌언 같은 발문을 자청한 이유
는 그의 글이 하도 기이해서이다.

"말이란 꼭 거룩해야 맛이 아니다. 필요에 따라선 하잘 것 없는 벽돌
이나 똥무더기조차 다 적을 가치가 있다".

이는 내 말이 아니다. 위대한 문장가 연암 박지원(1737~1805)의 말이
다. 연암은 이런 정신으로 만고의 명저 '열하일기'를 썼고 광통교 아래
거지('광문자전')나 똥 치우는 노인('예덕선생전') 등 동시대 서민들 풍경
을 거짓 없이 남겼다.

양동주 씨 글이 그렇다. 여기까지 책장을 넘긴 분들은 다 아시겠지만,
이 책은 그야말로 소소하고 일상적이며 보기에 따라선 지나치게 사적인
주제로 가득하다.

전주 막걸리, 전주의 사창가, 전주 건달들, 전주 물짜장과 보신탕 이야기 등 얼핏 별 볼 일 없고 꼭 그걸 남길 가치가 있을까 하는 것까지 그는 수십 년 동안 적었고 그 일기 같은 블로그들을 묶어 이 책을 냈다.

조선시대에 '여항문학'이란 게 있었다. 주로 뒷골목 이야기다.
시대의 변방인이던 중인, 서얼, 노비들은 자신을 여항인, 위항인이라고 했다. 동시대 주인공인 선비 양반과 다른 그들만의 문학이 여항문학이다.
양동주 씨가 오늘의 여항인이고 이 책이 지금의 여항문학이다. 이 책이 보여준 전주 뒷골목 풍경은 양동주 씨 아니었다면 미구에 진흙에나 묻혔을 것이다. 특히 그 생생한 디테일은 이 책 아니면 증빙할 데가 없었을 것이다.

양동주 씨 글의 솔직함은 도를 넘어 가끔 '토가 나올' 정도이다.
사람은 누구나 숨기고 싶은 게 있고 양 씨도 그럴 것이나, 그가 털어놓는 폭은 보통 사람을 초월한다. 자신과 살을 맞댄 여성이나 그 활발했던 성 경험까지 적을 필요가 있을까, 양동주 씨 가족이나 후손에 면구스럽지 않을까 하는 우려도 있지만 이는 내가 책임질 일 아니니 걱정할 필요도 없다. 독자들도 그렇게 읽어주시기 바란다. 오히려, 소설에나 나올 법한 인물을 실제 대하며 가끔 막걸리 잔이라도 기울이는 내 즐거움을 상상해주시기 바란다.

또, 그가 구사하는 표현은 어떤가.

'초식이 다르다', '쏘옴하다', '왜 나만 먹어대는 거여, 나와요 한 번 먹게!', '막걸리 한 초롱' 등 시도 때도 없이 튀어나오는 이런 말들은 국어사전은 물론 방언사전에서도 찾을 수 없다.

나이 든 전주 사람들은 대강 이해하겠지만 요새 젊은이들은 그냥 문맥에서나 짐작할 뿐 딱히 정답을 낼 수 없는 말들이다. 그걸 따옴표도 안 치고 마구 내놓으니 읽는 사람은 상쾌한 충격을 느낀다. 여기저기 자주 돌출하는 민낯 구어체나 속된 단어의 행렬은 양동주 씨 책을 읽을 때 빼 놓을 수 없는 또다른 즐거움 중 하나다.

기성 문학의 완장과 정장을 벗기는 듯한 카타르시스이다.

나는 이 책의 갈래를 어찌 정의해야 될지 모르겠다. 일기도 아니고, 시나 소설같은 공식적인 장르는 더더욱 아니고. 그럼에도 불구하고 읽다 보면 빠져들게 되는 묘한 사적 매력이 있으니 이건 장르적 측면에서도 기이하다. 굳이 분류하자면 수필류겠으나 그것도 문학적 '째'와는 거리가 먼 파격적 수필이다.

연암으로 다시 돌아가자면, 그는 "글은 뜻을 드러내면 그만"이라고 했다. 자신이 원하는 바, 생각하는 바, 느낀 바를 거침없이 쓰는 자유분방함, 종횡무진과 솔직함, 불필요한 미사여구를 싫어하는 배짱 등이 양동주 씨의 특징이다.

공자는 당신의 글쓰기를 "그대로 적되 지어내진 않는다"고 했다.

양동주 씨도 있는 그대로 시시콜콜 적을 뿐 뭘 짓거나 꾸미는 걸 무척 싫어한다. 물론, 그의 글쓰기 주제는 일상 잡것일 뿐이니 공자님과 비교는 아예 어불성설이다.

이 차이는, 양동주 식 화법을 빌자면 "내가 잡놈인디 어쩔 거여?" 정도가 될 것이다.

양동주 씨가 원래 글재주가 있었는지는 모르겠으나 그의 글엔 오랜 내공이 배어있다.

보통 사람에게 이는 희망이다.

잡글이라도 겸손하게 꾸준히 붙잡다 보면 괄목상대 진전이 있단 걸 그가 몸소 보여주고 있기 때문이다. 무협지 식으로 말하자면 무림의 정파건 사파건, 극한에선 결국 만나게 되는 것이라고나 할까?

다음은 최근 그의 블로그에 올라온 짧은 글 전문이다.

독자들이 직접 읽고 그의 '무공' 수준을 판단하시기 바란다.

2025. 8. 14.(목)

광복절 연휴를 앞둔 14일 오후 4시 반 경.

서울 쪽은 극한호우로 난리가 났는데 전주는 33도가 넘는 폭염에 해가 쨍쨍하다. 손님을 태우고 연지본관으로 향하던 나는 지름길로 간답시고 무심코 근영여고 앞길로 들어선다.

아뿔사! 하교 시간이네.

정문에서는 여학생들이 쏟아져 나오고 2차선 도로는 마중 나온 학부모 차들과 학생들이 호출한 콜택시들로 뒤엉켜있다.

다행히 내 차선은 거북이 걸음으로 슬금슬금 빠져나가고 있지만 반대편은 정체상태다.

아우디, 벤츠, 제네시스 등등 승용차들 사이에 뒤쪽 갑빠가 말아 올려진 야채 트럭이 유난히 눈에 띈다.

그 트럭을 막 지나치려는데 키가 작달막한 여학생이 체구에 비해 버거운 책 배낭에 인형 두 개를 대롱거리며, 한 쪽 손에는 실내 슬리퍼를 들고 환하게 웃으면서

'아빠!'

그리고는 이 더위에 에어컨도 틀지 않았는지 창문이 활짝 열린 트럭 조수석에 달랑 올라탄다.

내가 늙었나?
코끝이 찡하다.
잘 키웠다.
아니, 잘 컸다.

– 양동주 블로그(kscam.com)
2025년 8월 14일자에서

전주 방안퉁수

|인   쇄|2025년 9월 15일
|발   행|2025년 9월 20일

|지은이|양동주
|발행인|채명희

|발행처|가온미디어
        전주시 완산구 충경로 32(2층)
        전화_(063)274-6226
        이메일_ok.0056@hanmail.net

값 20,000원

ISBN 979-11-91226-26-3